无界文库

030

Первая любовь

初恋

Иван Сергеевич Тургенев

[俄] 屠格涅夫 著

沈念驹 译

中信出版集团 | 北京

图书在版编目（CIP）数据

初恋 / (俄罗斯) 屠格涅夫著；沈念驹译. -- 北京：
中信出版社, 2025.8. (2025.10 重印) -- (无界文库).
-- ISBN 978-7-5217-7843-4

Ⅰ . I512.44

中国国家版本馆 CIP 数据核字第 20254BT917 号

初恋
（无界文库）

著者：　　　[俄] 屠格涅夫
译者：　　　沈念驹
出版发行：　中信出版集团股份有限公司
　　　　　　（北京市朝阳区东三环北路 27 号嘉铭中心　邮编　100020）
承印者：　　嘉业印刷（天津）有限公司

开本：787mm×1092mm 1/32　　印张：9　　　字数：96 千字
版次：2025 年 8 月第 1 版　　　　印次：2025 年 10 月第 2 次印刷
书号：ISBN 978-7-5217-7843-4
　　　　　　　　　定价：29.00 元

—

目 录

中译本序

沈念驹

伊凡·谢尔盖耶维奇·屠格涅夫（1818—1883）是享有世界声誉的俄国杰出作家，在我国早已广为人知。他生于俄国奥廖尔省的一个世代贵族家庭，其父亲是近卫军骑兵团的军官，但到他这一代家道已经中落。出于现实的考虑，屠格涅夫的父亲娶了比自己年长六岁的一个富裕的女地主——距屠格涅夫家族祖传领地不远的斯巴斯科耶庄园的主人。她就是作家的母亲。这位庄园主性格非常乖张暴戾，刚愎自用，对待自己的农奴十分残暴。

屠格涅夫在斯巴斯科耶度过自己的童年，目睹了农奴的悲惨生活，因而对农奴制充满了厌恶与反感。这使他后来在自己的文学创作中对这个制度采取了坚决批判的态度，写出了许多震撼人心的优秀作品。但是屠格涅夫在对农奴制持激烈批判态度的同时，又反对激进的社会改革，不主张用革命的方式变革现存的专制制度，这成为他后来与自己好友中的一些激进的革命民主主义者分裂的重要原因。他十五岁时考入莫斯科大学，继而转入圣彼得堡大学哲学系，1837年从该校毕业，翌年又赴德国柏林大学深造。1833年12月在莫斯科大学求学期间，他创作了诗剧《斯杰诺》，如果把这视为他文学创作活动的发轫之作，那么直至他1883年逝世，他的文学创作活动绵亘了整整半个世纪。

屠格涅夫的造诣是多方面的，除了文学创作，他还是语音大师，更有深厚的音乐修养，然而他首先是位文学家。就其文学创作而言，奠定他在文学史上一流作家地位并使他赢得世界声誉的，主要是小说创作，尤其是自19世纪50年代至70年代相继创作的六部长篇小说，依次是《罗亭》《贵族之家》《前夜》《父与子》《烟》《处女地》。作家在自己的作品里塑造了俄国文学史上一个个具有典型意义的人物形象。例如《罗亭》的主人公罗亭就是继普希金塑造的奥涅金和莱蒙托夫塑造的毕巧林之后，又一个鲜活的"多余人"形象。他具有高尚的抱负和先进的思想，但是在需要行动、作出决断的时候却表现得优柔寡断，畏缩不前，结果一事无成，被称为"语言的巨人，行动的侏儒"。《贵族之家》的男主人公拉夫列茨基身上同样具有贵族知识分子共有的那种软弱性。类似的例子可以举出不少。

屠格涅夫的中短篇小说也在文学史上占有重要地位。具有特写性质的短篇小说集《猎人笔记》是作家的成名之作，以诗意盎然的俄国大自然为背景，表现俄国农村广阔的社会生活。在这部作品里，作者以深厚的人道精神，对当时俄国的农奴制度进行了无情的揭露与深刻的批判，对生活在专制制度重压下的广大农奴倾注了深切的同情。

屠格涅夫的创作还有诗歌、剧本和散文诗。他晚年创作的八十三篇散文诗寓意深刻，内容丰富，充满哲理。"散文诗"这个名称也是屠格涅夫首创并应用到文学创作中的，在他以前虽然也有作家曾偶尔用这种样式进行创作，但当时还没有散文诗这样明确的称谓。正是从屠格涅夫开始，散文诗才正式成为一种新的文学样式被许多作家采用，并为读者所接受和喜爱。屠格涅夫景物描写的技艺高超非凡，简直达到出神入化的程度。景物描写将人物置于特定的环境，使其内心世界与周围环境融为一体，得到充分的烘托。屠格涅夫又有极高的音乐修养，他作品中的音乐描写往往成为神来之笔，使人物内心世界与心理活动通过对音乐的描述得到充分展现。

屠格涅夫虽然一生大部分时间居住在国外，却无时不在关注国内的社会生活。可以说，无论他的六部长篇小说，还是许多脍炙人口的中短篇小说，都成功地表现了当时俄国的社会现实与社会政治问题。收入本书的中篇小说《初恋》《阿霞》，都是屠格涅夫的代表性作品，所以这里要重点地对这两部小说作一简略的介绍。至于他的长篇小说和其他作品，这里就略而不叙了。

的俄国贵族青年兄妹加京和阿霞不期邂逅。阿霞的美貌和初见时的乖张举止引起了 H 的注意、纳闷和好奇，同时，一见钟情的爱慕之心在他的潜意识里隐隐萌动，而且随着交往的深入，这种意识渐次明朗与强烈。阿霞也同样对 H 有一见钟情的朦胧意识。她虽然身为贵族小姐，却摆脱不了母亲的农奴身份带给她的自卑心理，所以不敢直面朦胧的爱情，更无勇气去追求。心中的矛盾与痛苦使她在与 H 相处的过程中屡屡出现乖张举止。然而当 H 心中的疑虑因加京的解释而豁然开朗，阿霞也下定决心去面对近在咫尺的幸福时，H 突然退缩了，把眼看着马上可以拥抱的幸福从身边推开了。及至他幡然醒悟，决意向阿霞表白爱情的时候，心爱的人已经远赴天涯，永远找不回来了。"此情可待成追忆，只是当时已惘然"！

译者翻译出版这两个中篇小说是在20世纪90年代初，最先收入河北教育出版社《世界文豪书系》的《屠格涅夫全集》。后来陆续有出版社收入不同的集子出版，可见是受到读者欢迎的。现在中信出版集团又决定出版这两部小说，可见经典文学作品仍然具有恒久的生命力。从初版至今，已经过去整整三十年，其间翻译界新人迭出，一定有许多佳作问世。我的这两个旧作是否经得起时间的淘洗，有待读者来评判。同时恳请同行和读者指教。

2024年冬
于京郊寓所

谢尔盖·尼古拉耶维奇，一个浑身圆咕隆咚的人，长着一头浅色头发，一张圆润丰满的脸，他先看了看主人，然后抬眼望望天花板。

"我没有初恋，"他终于开口说，"我的初恋是直接从第二次开始的。"

"怎么个开始法？"

"很简单。我第一次追求一位十分可人的小姐的时候，正好十八岁。不过我向她献殷勤的样子，仿佛已经是情场老手似的，就跟后来我向别的女人献殷勤的样子毫无二致。其实我第一次，也是最后一次钟情的，是我五六岁的时候照顾我的保姆。可是这是老早以前的事了，我们两人关系的细节在我的记忆里已经磨灭，再说即使我记得那些事，有谁会感兴趣呢？"

"那可怎么办呢？"主人说，"我的初恋也没有多少有趣的东西，在我跟安娜·伊凡诺夫娜——我现在的妻子认识以前，我没爱上过任何人，而且我们的婚事进行得一帆风顺。由双方的父母作伐，我们很快就彼此相爱，毫不犹豫地结了婚。我的故事只消两句话就可以说完。先生们，说实话，我提出初恋的问题，是希望你们二位来讲讲，我不是说老年单身汉，但也不是说年轻的单身汉。弗拉基米尔·彼得罗维奇，难道您就不能讲点让咱们逗乐的事？"

"我的初恋确实属于非同寻常的一类。"弗拉基米尔·彼得罗维奇有点结结巴巴地应道。他年届不惑，黑发里已经杂有几根银丝了。

"啊！"主人和谢尔盖·尼古拉耶维奇异口同声地说，"那更好……讲讲吧。"

"那好吧……哦不，我不打算讲，我口才不好，说起来要么枯燥乏味，三言两语，要么啰啰唆唆，缺少真实感。如果允许，我把记得起来的朗诵诗歌，这些诗我能背出许许多多。我心潮起伏，又黯然伤怀——既那么悠然自得，又那么滑稽可笑；我总是期待、担心着什么，对什么都大惊小怪，而且全神戒备；我浮想联翩，而且总是围绕几个相同的念头沉思遐想，犹如雨燕在晨曦中围绕钟楼穿梭往回；我心事重重，愁绪满怀，甚至伤心落泪，然而血气方刚的年轻生命的愉悦之情，透过泪水，透过愁绪——有时由铿锵悦耳的诗句，有时由黄昏时分的良辰美景所勾起的愁绪——恰似春草一般油然而生。

我有一匹马驹用作坐骑，我亲自给它备鞍，独自骑着它向远方任意驰骋。我纵马扬鞭，设想自己是个比武的骑士——风儿在耳边呼啸得多么欢乐！——或者仰首望天，敞开胸怀领受灿烂阳光的抚弄。

记得当时，女人的形象，女性情爱的影子，

话，"难道作兴这样瞧别人家的小姐吗？"

我浑身一颤，吓呆了……我旁边，栅栏的那一边站着一个留着短短黑发的人，用面露嘲讽的神情看着我。就在这一刹那间，少女向我转过脸来……我看见了长在活泼、欢乐的脸上的一双灰色大眼睛。蓦然间这张脸整个颤动起来，露出了笑容，露出了皓齿，双眉一挺，似乎显得有点滑稽……我脸唰的一下红了，从地上抓起猎枪，随着接踵而来的响亮却并无恶意的笑声，拔腿就向自己的房间跑去。我扑到床上，用双手捂住了脸，心一直跳个不停。我既害臊又高兴，我体验到一种前所未有的激动。

稍事休息以后，我梳了头，把身上清理了一下，便下楼喝茶去。年轻姑娘的倩影在我面前萦回，心虽然已经不再激烈跳动，却依然感到愉快和紧张。

"你怎么啦?"父亲突然问我,"打死了一只乌鸦?"

我曾想把一切都告诉他,但还是忍住没说,只微微笑了一下。快上床的时候,我自己也不明白什么原因,竟踮着一只脚转了两三次身,在脸上抹了香膏,然后才躺下,接着整夜就睡得跟死人一样了。天亮前我稍稍醒过来一会儿,但只仰了仰头,兴奋地望了望四周,立刻又重回梦乡。

三

"要是能跟他们家认识有多好?"这是我一早醒来就想到的事。早茶前我去了花园,但是没有太靠近栅栏,一个人也没有见着。喝完早茶我在别墅前面的街道上走了几个来回,还从远处向窗户里面望过……我似乎看到窗帘后面有她的面孔,于是一惊之下赶快离开了。"不过总得跟她认识才是。"我思忖着，一面在无愁园前面一览无余的平坦沙地上漫无目的地来回踱步。"可怎么认识她呢？问题就在这里。"我回忆昨日见面时极其微小的细节，不知怎么搞的，她嘲笑我的那副模样我记得特别清晰……然而就在我心里躁动不安、构想各式各样的计划的时候，命运却向我伸出了援助之手。

我不在家的时候母亲接到新邻居的一封信。信写在一页灰色的纸上，用咖啡色的火漆封印。这种火漆只有在邮政通知单和廉价酒的瓶塞上才用得到。这封错别字连篇、字迹不整的信中，公爵夫人请求我母亲给予庇护，依照公爵夫人的说法，我母亲与许多有影响的人物颇有交情，而这些人物却决定着她和她子女的命运，因为她正在打关系重大的官司。"我讨（叨）饶（扰）您，"她写道，"作为一个贵夫人讨（叨）饶（扰）一位贵夫人，同时，能利用这个机会，我感到飞（非）常高幸（兴）。"结尾处她请求母亲允许她登门拜访。我见到母亲时她心情正不好，父亲不在家，她无人可与商量。对一位贵夫人，而且还是一位公爵夫人，置之不理是不合适的。然而怎么回答，母亲却有些踌躇不决。用法文写条子对她似乎不相宜，而俄文的书写规则我母亲自己也不熟悉——她有自知之明，并不想招来非议。我的到来使母亲大喜过望，当即要我到公爵夫人家去走一趟，口头告诉她，说家母愿意随时为公爵夫人效劳，并请她一点钟左右光临寒舍。我秘藏心头的愿望竟意想不到得以迅速实现，这使我惊喜交加。然而我没有流露浑身上下不自在的情绪，而是先到自己房里，以便打一条新领结，穿一件常礼服（平时在家里我只穿一件短上衣，而且是翻领的），虽然觉得穿着挺不舒服。

四

在我不由自主地浑身哆嗦着跨进那间窄小、凌乱的偏屋的前厅时，遇到的是头发花白的老仆人，他有一张古铜色的脸膛儿、一对猪一样闷闷不乐的小眼睛，前额和两鬓布满深深的皱纹，这样的皱纹我平生从来没有见到过。他拿着托盘，上面有一条啃干净的鲱鱼脊梁骨，他随便用脚把通向另一间的房门带上，生硬地问我：

"您要干什么？"

"查谢金娜公爵夫人在家吗？"我问。

"伏尼法蒂！"门后面传来一个女人刺耳、发颤的喊声。

仆人默默地转过身去，背对着我，这时才露出他那件穿得陈旧不堪的仆役制服的后背，背后只有一颗孤零零的褪成红褐色的带纹章的纽扣。他将托盘放在地上，就走了。

"去过警察分局了？"依然是那个女人的声音。仆人咕咕哝哝地说了几句话。"啊？……有人来了？……"还是那个声音，"邻家的少爷？有请。"

"请，到客厅见。"仆人重新出现在我面前，他一面从地上端起盘子，一面说。

我起步走进"客厅"。

我来到一间不太整洁的小房间，里面的简单陈设像是匆忙间草草布置的。窗前，断了一只扶手的安乐椅上，坐着一位五十上下的妇女，没有戴帽子，其貌不扬，穿一件绿色旧连衣裙，脖子上围一条粗毛线三角巾。她那双黑色的小眼睛紧紧地盯着我。

我走到她面前躬身行了个礼。

"我能有幸跟查谢金娜公爵夫人说话吗？"

"我就是查谢金娜公爵夫人，您是 B 先生的公子吗？"

"正是，夫人。我到府上是受家母的嘱托。"

"请坐。伏尼法蒂！我的钥匙在哪儿？你见过吗？"

我向查谢金娜报告了我母亲对她字条的答复。她用粗粗红红的手指敲击着窗台，听我说下去。待我讲完，她又一次盯着我看。

"很好，一定去。"她终于说道，"看您还这么年轻！请允许我问一声，您几岁了？"

"十六。"我不由得结结巴巴地回答。

公爵夫人从口袋里掏出一些写得密密麻麻、沾满油污的文书，凑到鼻子底下，开始一页页翻看。

"正是锦绣年华，"她在椅子里转来转去，坐不安宁，突然冒出一句，"请您别客气，我是很随便的。"

"太随便了。"我寻思着，同时情不自禁地怀着厌恶的心情用目光审视她那难看的身影。

此时客厅的另一扇门急速地打开了，门口出现了我昨天在花园里见到的那位少女。她举着一只手，脸上掠过一丝冷笑。

"这就是小女，"公爵夫人用胳膊肘指了指她，说道，"季诺奇卡，咱们邻居 B 先生的公子。请问，您的大名？"

"弗拉基米尔。"我一面起身，一面由于心情激动而轻声嘟囔着回答。

"父名呢？"

"彼得罗维奇。"

"哦！我有一个熟悉的警察局局长，也叫弗拉基米尔·彼得罗维奇。伏尼法蒂！别找钥匙了，在我兜里呢。"

年轻姑娘继续含着先前的冷笑望着我，微微

眯起眼睛，稍稍斜歪着脑袋。

"我已经见过伏尔台玛尔先生了。"她开始说，银铃般的嗓音犹如一阵甜丝丝的凉意流遍我的全身，"您允许我这样称呼您吗？"

"请便，小姐！"我嘟囔着说。

"在哪儿见过？"公爵夫人问。

公爵小姐没有回答自己母亲的问话。

"您现在有空吗？"她问我，眼睛依然瞧着我。

"什么事也没有，小姐。"

"您愿意帮我绕毛线吗？来，请到我这儿来。"

她向我点了点头，就走出客厅去。我跟着她出去。

我们步入的房间陈设稍好，布置得也较有情趣。其实当此时刻，我几乎什么也没能看见。我梦游般地移步而行，只感觉全身有一种近乎愚蠢的心遂意如的紧张。

公爵小姐坐下来，取出一束红毛线，向我指了指她对面的椅子，就用心将线束解开，交到我手里。她默然无语地操作着，显出一副滑稽可笑的慢条斯理的样子，微微开启的唇间依然留着那一丝明快、狡黠的冷笑。她开始将毛线绕到一张折叠起来的卡片上，突然她的目光向我投来极其明亮、迅速的一瞥，使我身不由己地垂下了眼睑。当她那双半开半眯的眼睛完全睁大的时候，她的容颜便彻底变了样，宛如一道阳光从脸部喷涌而出。

"伏尔台玛尔先生，昨天您对我有什么看法?"过了一会儿，她问我，"您也许对我进行了指摘?"

"我……公爵小姐……我什么也没有想……

我怎么能……"我局促不安地说。

"您听着,"她回我的话说,"您还不了解我,我是个很乖僻的怪人,我希望别人永远对我说真话。我听说您才十六岁,而我却二十一了。您看我年纪比您大得多,正因为如此,您必须对我说实话……并且听从我。"她补充说:"请看着我——您干吗不看着我?"

我更尴尬了,但是已经抬起眼来望着她了。她露出了笑容,不过已经不是先前的那种笑容,而是另一种赞许的笑容。

"看着我,"她和蔼地压低声音说,"不然我心里会不舒服……我喜欢您的脸,我预感到我们会成为朋友。可是您喜欢我吗?"她狡狯地补充说。

"公爵小姐……"我刚要开口。

"首先,叫我季娜伊达·亚历山大罗芙娜。

其次，小孩（她立刻改口说）——年轻人怎么会有这么一种习惯？不直截了当说自己感觉到的事。对成年人来说这是好事。您究竟喜欢我吗？"

她如此对我开诚布公地说话，虽然使我感到非常舒心，但是我仍然觉得有点委屈。我想向她表示，她不是在跟一个小孩子打交道，所以便做出尽可能无拘无束和态度认真的样子说："当然，您使我非常喜欢，季娜伊达·亚历山大罗芙娜，我不想隐讳。"

"您有家庭教师吗？"她突然问。

"没有，我早就没有家庭教师了。"

我撒了个谎：我和我的法国佬分开还不到一个月呢。

"哦！看得出来，您完全是个大人了。"

她轻轻拍了拍我的手指。

"把手伸直！"她认真地开始绕起毛线团来。

利用她还没有抬眼的机会，我开始仔细端详她，起先是悄悄地看，后来就越来越大胆了。我觉得她的芳容比昨天更加迷人了，脸上的每一处都那么细腻、聪慧和可爱。她背窗而坐，窗上垂挂着白色帘幕，阳光透过帘幕把柔和的光线抛向她蓬松金黄的发丝、无可挑剔的脖颈儿、弹垂的双肩和温柔安详的酥胸。我望着她——她对于我变得多么珍贵和亲近！我觉我早已认识她了，在她以前我什么也不知道，连做人也没有做过……她穿一件颜色稍深、已经穿旧的带罩裙的连衣裙。我似乎觉得我是多么乐意，想抚弄一下这件连衣裙和罩裙的每一条褶裥。她连衣裙下露出皮鞋的鞋尖，我多么想以崇拜之情俯身去亲吻这对鞋尖……"现在我居然坐在她的面前，"我想，"我和她认识了……多大的幸福，我的天哪！"我差点儿兴奋得要从椅子里跳将起来，不过只是像吃了美味佳肴的婴儿一般轻轻蹬了蹬脚。

我如鱼得水，欣喜万状，心想最好我一辈子也别离开这间屋子，不离开这个位置。

她的眼皮轻轻抬了起来，于是她那水灵灵的眼睛又在我面前闪起和颜悦色的光芒——她又露出一丝冷笑。

"您为什么老盯着我？"她慢吞吞地说，同时伸出一根手指向我警示。

我脸红了……"她什么都明白，什么都看得见。"我脑子里闪过一个念头，"她怎么可能什么也不明白，什么也看不见呢！"

忽然隔壁房间里什么东西碰了一下——是军刀的声音。

"季娜！"客厅里公爵夫人喊道，"别洛符索罗夫给你送来了一只小猫崽。"

"小猫!"季娜伊达大声叫起来,她说着急速地从椅子里站起来,将线团往我大腿上一扔,便跑了出去。

我也站了起来,把毛线束和线团搁到窗台上,然后走到客厅里,困惑莫解地止住了脚步。房间中央,一只有条纹毛色的小猫张开四肢趴在地上,季娜伊达跪在它面前,正在小心地将它的脸面扳起来。公爵夫人的旁边出现一位长着浅色鬈发的英俊小伙子,这位面颊绯红、双眼暴突的骠骑兵几乎挡住了两扇窗户之间的那堵墙壁。

"多有趣!"季娜伊达说,"它的眼睛不是灰色的,而是绿的,还有,耳朵有多大!谢谢您,维克多·叶戈雷奇!您真可爱。"

我认出骠骑兵就是昨天我见到的年轻人中的一个,他微微一笑,鞠了一躬,同时啪的一声碰响了马刺,军刀上的小环也哐啷响了一下。

"昨天您说想有一只大耳朵的小狸猫……这不是给您搞到了吗。您一句话就等于法律啊。"说着他又鞠了一躬。

小猫轻轻地叫了一声，开始在地上嗅来嗅去。

"它饿了！"季娜伊达大声说，"伏尼法蒂！索尼娅！拿牛奶来。"

女仆身穿一件黄色旧连衣裙，脖子上围一块褪色的三角巾，手里拿着一盘牛奶走进屋来，将奶盘摆到小猫跟前。小猫抖了一下，眯了眯眼睛，开始舔奶吃。

"看它粉红色的舌头多有趣。"季娜伊达的脑袋低低地凑近地面，从侧面直望着猫的鼻子底下说道。

小猫吃饱了，开始发出呼噜呼噜的声音，装腔作势地伸了伸四只爪子。季娜伊达站起身，转脸向着女仆，表情冷漠地说："把它带走。"

"为了小猫，请把小手给我。"骠骑兵咧开嘴笑着，将被新制服绷得紧紧的强壮身躯扭了扭，说道。

"给两只手。"季娜伊达向他伸去双手，回答道。在他吻这双手的时候，她隔着肩膀瞧着我。

我呆滞不动地站在那里，不知是该笑，还是该说些什么，抑或就这么一声不吭为好。突然，我们家的听差费奥多尔的身影透过前厅敞开的门口扑入了我的视线。他向我招招手，我机械地向他走去。

"您有什么事？"我问。

"您妈妈派我来找您，"他小声说，"她正生气呢，说您怎么不带个回音给她。"

"难道我来这儿好久了？"

"一个多小时了。"

"一个多小时！"我不由得重复这句话，于是回到客厅，向他们一一鞠躬告辞，同时开始拖着双腿走路。

"您去哪儿？"公爵小姐从骠骑兵后面望了望我，问道。

"我该回家了，小姐。那我就这么说，"我转身向老太太补充说，"您两点钟光临寒舍。"

"就这么回话，老弟。"

公爵夫人急忙掏出鼻烟壶，大声嗅着，嗅得我甚至哆嗦了一下。

"就这么回话。"她泪汪汪地眨巴着眼，发出呼哧呼哧的声音说道。

我再次鞠躬，转身走出屋去，出去时背部感到很不自在，当年纪很轻的后生得知背后有人在注意他时，他就会有这种不自在的感觉。

"记住，伏尔台玛尔先生，常来看我们啊！"

季娜伊达喊道，说着又大笑起来。

"为什么她老是笑？"在费奥多尔陪同回家的路上我想着，费奥多尔不以为然地移步跟在我后面。妈妈骂了我，她弄不明白，我究竟有什么事能在这位公爵夫人家里待这么久。我什么话也没有回答，径自回房去了。我忽然感到非常难过……我努力不使自己哭出来……我吃骠骑兵的醋了。

五

公爵夫人如约拜访了我母亲，却未能叫母亲喜欢她。她们见面时我不在场，但吃饭的时候母亲对父亲说，在她看来这位查谢金娜公爵夫人似乎是个俗不可耐的女人，这位夫人一再恳求母亲为自己向谢尔盖公爵说情，这使母亲非常反感。她老是卷进一些诉讼案件里去——讨厌的金钱方面的案件，看样子这位夫人有打官司癖。但是母亲又说她已邀请夫人明天带女儿来吃饭（一听"带女儿"三个字，我忙埋头吃盘里的东西），因为她毕竟是邻居，而且是有名望的人家。听到这儿，父亲对母亲说，现在他记起来这位夫人是怎样的人了，说他年轻的时候认识已故的查谢金公爵——一位受过良好教育然而内心空虚、荒唐无聊的人物，上流社会都称他为"巴黎人"，因为他常住巴黎。他曾经相当富有，但是赌输了全部家产。"不知为什么，也许是为了钱财——其实他有更佳选择的。"父亲补充说，而且冷漠地微微一笑，"娶了个小官吏的女儿，结婚以后他做起了投机生意，彻底破了产。"

"她可别提出来借钱！"母亲指出。

"这非常可能。"父亲平静地说，"她会说法语吗？"

"很差。"

"嗯，不过这没什么关系。你好像对我说过你邀了她的女儿，有人告诉我她是一个可爱而有教养的姑娘。"

"啊！那她大概不像她母亲。"

"也不像她父亲。"父亲说，"她父亲也受过教育，但是冥顽不灵。"

母亲叹了口气，陷入了沉思。父亲闭上了嘴。在这番谈话过程中我觉得很不是滋味。午后我去了花园，但没有带枪。我对自己说过，一定不走近"查谢金家的花园"，然而一股不可抗拒的力量将我引向了那里。而且这一趟没有白走。我还未走近栅栏，就看见了季娜伊达。她双手捧着本书，正在小道上慢慢行走。她没有发现我。

我差点儿就这样让她走过去了，但忽然心有所悟，便咳嗽了一声。

她转过脸来，但没有停步，只用手撩开圆草帽的蓝色宽带子，静静地向我莞尔一笑，又把目光盯住了书本。

我摘下鸭舌帽，站在原地犹豫了一会儿，怀着沉重的心情走开了。

"我对她算得了什么呢？"我——天知道为什么——用法语低声说。

我后面传来熟悉的脚步声，我回过身去看——父亲正迈着轻松的步伐向我迅步走来。

"这就是公爵小姐？"他问我。

"是公爵小姐。"

"莫非你认识她？"

"今天早上在公爵夫人家见过她。"

父亲停住脚，接着脚跟猛地一转，向后走去，赶上季娜伊达后彬彬有礼地向她躬身致意。她也欠身回了礼，脸上不无惊讶的神色，并且放下了书本。我看见她目送他的样子。我父亲的穿着总是非常优雅、别致而质朴无华，但是我从没有感到他的身形比现在更潇洒，他灰色的宽檐帽戴在毛发渐疏的头上从没有比现在更漂亮。

我曾起步向季娜伊达走去，然而她连瞧也不瞧我一眼，又捧起书走开了。

六

整个晚间和翌日早晨都在我垂头丧气的木然状态中被打发过去。记得我曾经试图看点功课，也捧起过卡伊达诺夫的书，但是只见这本著名教科书中行距宽松的字行和书页在我眼前晃动，却一点也看不进去。我一连十遍念着同一行字："尤里乌斯·恺撒以英勇善战而著称。"然而一个字也没有领会。于是我把书丢在了一边。午餐前我又抹上香膏，穿上常礼服，系上领结。

"你这是干什么？"母亲问我，"你还没有当上大学生呢，天知道你能不能通过考试。再说那件上装做了才不久，不该把它扔了。"

"要来客人了。"我几乎绝望地低声说。

"胡说八道，这算什么客人！"

我只好服从，把常礼服换成短上衣，但是没有解下领结。公爵夫人和女儿于饭前半小时光临。老太太除了我昨天见过的那件绿色连衣裙，还披了块黄披肩，戴了顶火黄色带子的老式包发帽。她马上就谈起了她的期票，连声叹气，叫穷诉苦，但丝毫不知检点，照样大声嗅鼻烟，照样无拘无束地转来转去，坐在椅子上片刻不宁，仿佛压根儿没有想到自己是公爵夫人。然而季娜伊达却表现得非常严肃，几乎傲慢，俨如一位名副其实的公爵小姐。她脸部现出冷漠端庄、傲视一切的表情——我简直认不出她，认不出她的目光、笑容了，虽然她的这番新模样使我觉得极其美丽。她身穿一件浅蓝色花纹的薄纱罗连衣裙，头发梳成一绺绺长鬈发沿面颊直垂下来——是英国风度，这样的发式正好和她脸部冷漠的表情相得益彰。午餐时我父亲坐在她旁边，并以天生的优雅、温良的礼貌态度使自己的邻座不受冷落。他有时瞧她一眼，有时她也瞧他一眼，但神情是那样奇怪，几乎怀有敌意。他们用法语交谈。我记得季娜伊达纯正的发音令我惊讶不已。席间，公爵夫人依然毫不检点，不断对美味佳肴称道有加，并趁机大饱口福。母亲对于应付她显然感到厌烦，完全用一种闷闷不乐的不屑态度与她对答。父亲偶尔稍稍皱皱眉头。同样，母亲也不喜欢季娜伊达。

"这是一个骄傲的女人。"第二天她说道，"可是你想想，有什么好骄傲的？就凭她那葛里

45

赛特[1]习气！"

"看样子你没有真的见过葛里赛特！"父亲
对她说。

"谢天谢地！"

"不错，谢天谢地……只不过你怎么可以对
人家品头评足呢？"

季娜伊达根本就没有理睬我。餐后不久公爵
夫人准备告辞。

"我将寄希望于得到你们的庇护，玛丽
娅·尼古拉耶芙娜和彼得·瓦西里耶维奇。"她
拉长了声调对我母亲和父亲说，"有什么办法！
不是没有过过好日子，不过都成了过去。我就是
这副样子——一位贵人。"她讨厌地笑着补充说：
"假如连饭也吃不上，还顾得上什么面子呢！"

---

[1] 指当时法国文学作品中的一类城市少女，有"轻佻女子"的意
思。（本书注释如无特别说明，均为译者注。）

父亲恭敬地向她一鞠躬，一直送到前厅门口。我穿着那件嫌短的上装站在原地，眼睛望着地，仿佛一个被判处死刑的囚犯。季娜伊达对待我的态度使我彻底绝望了，但是她走过我身旁时却含着先前那种和蔼可亲的眼神快速地对我悄悄说话，这时我是多么惊讶不已。

"八点钟到我家来，听着，一定要来……"

我只是惊讶地摊了摊双手——但是她把一块白围巾往头上一披，已经离去了。

七

八点整我身穿常礼服，头上梳着高耸的发冠，走进公爵夫人寓居的偏屋的前室。老仆人愁眉苦脸地瞧了我一眼，不情愿地从长凳上站起身。客厅里传出欢声笑语。我推开门，惊讶得退了一步。房间中央，一把椅子上站着公爵小姐，她将一顶男式宽檐帽擎在自己手里。椅子四周，围聚着五个男子。他们努力将手往帽子里伸，她却将帽子向上举起，使劲摇来摇去。见到我后她喊了一声：

"等一等，等一等！新客人来了，也得给他一张票。"

她说着，轻巧地从椅子上跳下，拉住了我常礼服翻边的袖口。"咱们过去，"她说，"您干吗站着不动？先生们，请允许我给你们介绍，这位是伏尔台玛尔先生，我们邻居家的儿子。而这位……"她依次指着一个个客人，接着说："是马列夫斯基伯爵、卢申医生、诗人马伊达诺夫、骠骑兵，您已经见过面了。请相互多多关照。"

我窘得厉害，以至对谁也没有鞠躬致意。我认出卢申医生就是在花园里毫不留情地羞辱过我的那位黑皮肤先生，其余的我都不认识。

"伯爵！"季娜伊达继续说，"请给伏尔台玛尔先生写一张票。"

"这不公平！"伯爵说着略带波兰口音的话语反对道。这是一位非常英俊、衣着讲究的黑发男子，有一双富于表情的深棕色眼睛、一个窄窄白白的小鼻子，小嘴上留着淡淡的一撮唇髭。"他没有跟咱们玩过方特。"

"不公平。"别洛符索罗夫和那位被称作退伍上尉的先生也说道。后者四十岁上下，一脸麻子，不堪入目，长一头黑人一样的鬈发，一双罗圈腿，穿一件没有肩章的军礼服，敞着胸。

"我对您说，写票券。"公爵小姐重复说，"这算什么，反抗我？伏尔台玛尔先生跟咱们还是头一遭玩，今天对他来说规则不起作用。没什么好唠叨的，写吧，我希望这么办。"

伯爵耸了耸肩，然后顺从地低下头去，用戴

49

了几只嵌宝石戒指的白白的手握起蘸水笔,扯下一片纸,开始在上面写。

"至少请允许我向伏尔台玛尔先生说明一下怎么个玩法,"卢申医生开始说,话音里带着嘲弄的意味,"要不他会完全傻了眼。您看到了吗,年轻人,咱们正在做方特游戏,现在公爵小姐受罚,谁要是摸到幸运券,就有权吻一吻她的手。我对您说的话您明白了吗?"

我只看了他一眼,如堕五里雾中,继续站着。公爵小姐重又跳上椅子,开始摇晃那顶帽子。大家都被她吸引过去。我跟在别人后面。

"马伊达诺夫,"公爵小姐对一个高个儿年轻人说,这个人面孔瘦削,长有一双视力不好的小眼睛、一头长得出奇的黑发,"您是诗人,应当宽宏大度,把您摸的券让给伏尔台玛尔先生吧,这样他就不是一次机会,而是有两次机会了。"

可是马伊达诺夫坚定地摇了摇头，同时抖动了一下他的长发。在别人都摸过以后，我也把手伸进了帽子，拿起票券打了开来……老天！我看到票券上写着："吻！"这时我还有什么好说！

"吻！"我不由自主地大声叫起来。

"好！他赢了，"公爵小姐接口说，"我真高兴！"她从椅子上下来，那么神采飞扬、温柔甜蜜地向我的眼睛望了望，使我的心也激荡起来。

"那么，您高兴吗？"她问我。

"我？"我讪讪地说。

"把您的券卖给我吧，"别洛符索罗夫突然凑到我耳边不知趣地说，"我付给您一百卢布。"

我回答骠骑兵的目光是那么怒不可遏，使得季娜伊达拍起掌来。卢申也大声叫了起来：

"好样儿的！"

"不过，"他继续说，"我作为节目主持人，必须监督所有规则执行无误。伏尔台玛尔先生，请跪下一条腿。这是我们规定的。"

季娜伊达站在我面前，低歪着头，仿佛是为了更清楚地看着我，郑重其事地向我伸过手来。我眼前一片模糊，我想跪下一条腿，却砰的一下双膝着地了，而且双唇轻触季娜伊达手指的时候显得那么尴尬，甚至将她的指甲轻轻地戳到了我的鼻子尖。

"好!"卢申喊道，同时帮我站起来。

方特游戏在继续。季娜伊达让我坐在她身边，她什么样的处罚方法没有想出来！刚好她应当扮成一座雕像，于是趁势选中了丑八怪尼尔马茨基做她的底座，吩咐他俯身趴下并缩起脑袋，将脸对着地。笑声一刻也没有停止过。我这个在名门贵族之家长大、在与外界隔绝的环境里教育出来的孩子，被所有这些喧嚷吵闹、无拘无束，甚至狂放不羁的取乐行为，以及与素不相识的人们从未有过的交往，搞得晕头转向，忘乎所以了。我简直如喝醉了酒一般。我开始放声大笑，胡言乱语比别人说得都响，使得正和一位从伊维尔门请来商议事情的小官吏一起坐在隔壁房间的老公爵夫人也出来看我了。然而我感到极度幸福，正所谓无论什么人的讥笑或睥睨，都满不在乎，也不屑一顾了。季娜伊达继续对我厚爱有加，将我安排在她的身边寸步不离。一次轮到受罚时我得以和她并排而坐，用原先那条丝绸方巾盖住两个人的头部，我应当对她吐露自己的隐秘。现在我还记得，在那令人窒闷、半暗不明、清香阵阵的昏暗中，我们两人的脑袋蓦然间相处在一起了。她那双光彩熠熠、如此贴近、如此温柔的双眸，呼着热气、笑口大开的双唇，清晰可辨的皓齿，还有触得我痒呵呵、热辣辣的秀发，无不使我心旷神怡。她脸上挂着神秘而狡狯的笑容，悄悄对我说："喂，怎么样？"我却只知红着脸微笑，并不得不扭过头去轻轻换口气，一句话也说不出来。我们玩腻了方特，就玩起绳圈来。我的天！我一走神，她便在我的手指上猛地用力一击，后来我就故意装作走神的样子，而她却来逗我，对我伸在下面的手碰也不碰，这时候，我感到的狂喜真是无法形容了！

这整整一个晚上，各种游戏层出不穷。我们弹钢琴、唱歌、跳舞，还扮演了一群茨冈人。尼尔马茨基被穿戴成一头熊的样子，让别人喂他喝盐水。马列夫斯基伯爵给我们表演纸牌魔术，把纸牌洗乱以后，他竟能把四张 K 都发到自己手里，为此卢申向他祝贺。马伊达诺夫向我们朗诵了他的长诗《凶杀犯》的片段（故事发生在浪漫主义盛行的年代），他打算出版这部长诗时用黑色封面，书名用血红色的大写字母。我们从伊维尔门来的小官吏那儿偷走他放在膝上的帽子，并硬要他跳哥萨克舞来赎回帽子。我们用一顶老年妇女的包发帽来装扮老伏尼法蒂，公爵小姐则戴上了一顶男式宽檐帽……玩的花样真是层出不穷。只有别洛符索罗夫一人向隅，老坐在角落里，双眉紧蹙，怒气冲冲……有时他两眼充血，满脸通红，仿佛眼看着就要向我们大家猛扑过来，把我们像小木片一样抛向四面八方。但是公爵小姐常瞧他一眼，伸出一根手指向他发出警告，于是他又缩回自己的角落里去。

终于我们都筋疲力尽了。公爵夫人尽管自称颇有能耐——多响的叫喊声她都不在乎——也感到累了，想歇息一会儿。夜间十二点，晚餐端上桌来。所谓晚餐就是一块陈年的干奶酪、几块用剁碎的火腿做馅的馅饼，我们觉得这些馅饼比哪一种酥饼都好吃。酒总共才一瓶，而且酒瓶奇形怪状——深深的颜色，瓶颈鼓得大大的，里面装的酒呈玫瑰色，不过谁也没有喝一口。我从偏屋出来，疲惫不堪，幸福得没了力气，分别的时候季娜伊达紧紧地握了握我的手，依然意味深长地对我莞尔一笑。

夜雾向我发热的脸上袭来，使我感到一股沉重而潮湿的气息，看样子，一场雷雨正在酝酿中。黑色的云团冉冉升起，在天空缓缓爬行，正在明显地变幻着烟雾朦胧的形状。微风不安地在黑魆魆的树丛里瑟瑟抖动，天边外的远处，雷声仿佛自言自语似的，在气呼呼、闷沉沉地絮叨。

我经过后门的走廊走进自己的房间。我的男仆在地板上睡觉，我只好从他身上跨过去，他醒来见到我，向我报告说母亲又为我大发脾气，还想派人去把我叫回来，但是父亲制止了她。不和

56

母亲道过晚安，并取得她的祝福，我一向是不上床的。但是这次也没有办法了！

我对仆人说我自己脱衣上床——于是熄了蜡烛。然而我并没有脱衣，也没有上床。

我在椅子上坐下，着了魔似的长久坐着。我所感受的东西是如此新鲜，如此甜蜜……我坐着，微微环顾四周，纹丝不动、缓缓地呼吸，不由自主地默默一笑。我在想，我已堕入情网，想到在我身上产生了爱情，千真万确的爱情时，心里激动不已，心潮难平。季娜伊达的面容在黑暗里浮现在我面前——她的双唇依旧挂着意味深长的笑容，眼睛微微地斜睨着我，带着疑问、沉思和温情……就如我向她道别的那一瞬间。终于我站起身，踮脚走到床前，小心翼翼地，连衣服也不脱，将头靠到枕上，仿佛担心动作猛烈了会惊动充溢我全身的幸福的感觉……

我躺下了，但是两眼仍没有合上。不久我发现不断地有微弱的反光射进我的房间。我稍稍抬起身，向窗外望去。窗格子与神秘莫测、白茫茫的窗玻璃显得一清二楚。"雷雨。"我想。真的是雷雨，只不过发生在很远的地方，所以连雷声也听不见，只有暗淡的、仿佛分叉的长长的闪电，不停地在空中闪烁。与其说是闪烁，不如说是颤动，宛如濒死的小鸟在抽动翅膀一般。我起身走到窗前，在那里一直站到天明……闪电一刻也没有停息，按民间的说法，这是一个"麻雀之夜"。我眼望无声的沙地，眼望无愁园那边暗影憧憧的地方，眼望远处楼房淡黄色的墙面，每一次微弱的闪光下楼房似乎也在颤动……我望着，不曾再离开。这些无声的闪电，这些有节制的光亮仿佛与我内心爆发的隐秘冲动在交相呼应。黎明已经展露，太阳喷薄而出，照亮了团团鲜红的云朵。

随着太阳的升起，闪电越来越淡，颤动的次数越来越少，终于销声匿迹，淹没在业已开始的白昼那明朗、坚定的阳光里……

我内心的闪电也已经消失。我开始觉得非常疲乏，一片寂静……但是季娜伊达的音容笑貌依然在我心头萦回不去，现出得意扬扬的样子。只是这副容貌本身看上去是安宁的，犹如一只起飞的天鹅——它从沼泽地的草丛里出来，离开了周围形象丑陋的身影。而我，在行将入眠的时候怀着惜别和信任的崇敬之情，最后一次拜倒在它的跟前……

哦，那柔声细语、温情脉脉、深受感动的心灵，春心初动的窃喜——你们在哪里，在哪里呢？

八

次日早晨，我下楼喝早茶的时候母亲骂了我——不过骂得没有像我预料的那么凶——还要我说说昨天晚上是怎么过的。我三言两语就应付过去了，隐瞒了许多细节，并且竭力把事情说成毫无过错的样子。

"他们毕竟不像受过完美教育的人，"母亲说，"你犯不着跟他们交往，倒不如去准备升学考试，做做功课。"

我知道母亲关心我的学业，说的无非是这几句话，所以觉得没有必要去反驳她。但是早茶以后，父亲挽起我的手，拉着我走进花园，要我叙述在查谢金家见到的一切。

父亲在我身上的影响有点奇怪，我们之间的关系也有点奇怪。他对我的教育几乎不闻不问，但也从不委屈我。他尊重我的自由——如果可以这样说的话，他对我甚至是彬彬有礼的……不过他不让我亲近他。我爱他，欣赏他，在我看来他是男人的典范——哦，我的天，如果不是经常感觉到他的手在推开我的话，我对他会何等依恋！然而只要他愿意，他会在瞬息之间，只用一句话或一个举动，就激起我对他的无限信赖。我的心扉敞开了——我像对待一位深明事理的朋友，又如同面对一位宽容大度的教诲者，与他东拉西扯，侃侃而谈……接着他会同样突如其来地离我而去，他的手依然会将我一把推开——和蔼、温柔，然而推开了我。

有时碰上他心情正好，这时他便肯和我嬉戏、胡闹，像孩子一样。(他喜欢各式各样剧烈的体力运动。)一次，只有一次！他如此温和地抚爱我，几乎叫我感动得声泪俱下……然而他的好心情和慈爱心会消失得无影无踪——发生在我们两人之间的事不会让我对未来寄予任何希望——仿佛这一切都是我梦中所见似的。往往有这样的情形，我开始端详他那聪慧、漂亮、容光焕发的面庞……我的心颤动起来，我的全副身心都要向他扑去了……他似乎感觉到我内心的活动，便顺便拍拍我的面颊。于是，或者离我而去，或者动手做别的什么事，或者突然间整个人都冷冰冰地呆住了——只有他一个人会那样冷冰冰地呆得出神。我也顿时缩小了，冷却了。他这种好情绪难得会骤然而至，从来不是由我那默默无声然而一目了然的恳求所唤起的，它总是骤然而至的。后来我在思索父亲的性格时得出这样一个结论：他顾不上我，也顾不上家庭生活。他喜欢别的事情，而且完全陶醉于这些别的事情之中。"凡是你能拿到的就自己去拿，别把自己交给别人去支配。你只属于自己——这就是生活的全部实质。"

有一次他对我说。另外有一次，我作为一个年轻的民主主义者，当着他的面议论起自由来。（那一天，他正像我所谓的，显得"和蔼可亲"，这时便可随便和他谈天说地。）

"自由，"他重复说，"可是你知道什么东西能给人以自由吗？"

"什么？"

"意志，自由的意志，它给人以权力，这比自由更好。要学会要求——你就获得了自由，便可以指挥别人。"

我的父亲首先考虑并且考虑得最多的是活下去。而他活过了……也许他预感到自己不可能长久利用生活的"实质"：他活到四十二岁便死了。

我向父亲详细叙述了拜访查谢金一家的情况。他坐在长靠椅上，一面用马鞭的顶端在沙地上随意画着，漫不经心地听我说。有时他暗暗一笑，炯炯有神、饶有兴味地看看我，还用几个简单的问题或反对的意见来激我。起先我还不敢说出季娜伊达的名字，但是说着说着就忍不住脱口而出了。父亲继续暗暗窃笑。接着他沉思起来，伸了个懒腰便站了起来。

我记得他出门时吩咐给他备马。他是骑马的好手——远在列里先生到来之前，他就会驯服性子最烈的马了。

"爸爸，我和你一起去吗？"我问他。

"不，"他答道，这时脸上露出了往常那种漫不经心又和蔼可亲的表情，"要是你愿意，就一个人去吧，不过要对马车夫说我不出门。"

他背对着我转过身去，很快就走远了。我目送他消失在大门外。我看到他的帽子沿着栅栏在移动，他走进查谢金家去了。

他在他们家逗留的时间不超过一个小时，不

过马上又进城去，直到傍晚才回家。

午后我自己到查谢金家。客厅里我只遇见公爵夫人一个人。见到我以后，她用毛线针尖儿伸到帽子里搔了搔头，突然问我能不能帮她抄写一份申请书。

"非常乐意。"我答道，一面在椅子一端坐下。

"不过得注意把字写大些。"公爵夫人说着，递给我一张密密麻麻写满字的纸，"还有，能今天就抄吗，老弟？"

"今天就抄。"

隔壁房间的门稍稍开了一点。门缝里露出季娜伊达的脸——苍白、若有所思，头发随随便便地拢在后头。她用她那双冷漠的大眼睛望了望我，便轻轻关上了门。

"季娜，唉，季娜！"老太太说。

季娜伊达没有应她。我带走老太太的申请

书，一晚上都在抄写。

九

从那天起我害上了相思病。记得那时候我感受到了某种心理，一种与一个人在供职谋生以后才应当感受到的情感相似的心理，我不再仅仅是一个少年男孩，我堕入了情网。我说过从那天起我害上了相思病，我想我还能加上一句话，即我的苦难也正是从那天开始的。不见她的时候我寝食难安，脑子里一片空白，手头什么事也做不成，成天苦苦地思念她一个人……然而有她在场时心情也不见得轻松些。我醋劲儿十足，明知自己微不足道，却狂妄自大，或者低三下四、愚不可及——但是仍然有一种不可阻挡的力量将我吸引到她的身边。每次当我跨进她房门时总会有一阵身不由己的幸福的战栗。季娜伊达一眼就猜出我爱上了她，而我也不想掩饰自己。我的春心使她高兴，她便愚弄我，纵容我，折磨我。给他人带来最大幸福与至深痛苦，并成为这种幸福与痛苦的根源，成为专横跋扈和颐指气使的主宰，真是赏心乐事——然而我却成了季娜伊达手中一块可以随意变形的蜡块。其实对她一往情深的并非我一个人，所有拜访她家的男人个个都被她弄得神魂颠倒，而她却把他们牢牢地拴在自己的脚边。有时在他们心里唤起希望，有时激得他们提心吊胆，随心所欲地将他们戏弄得团团转，她就以此取乐。（她把这称作"让自家人自相残杀"。）而他们居然不曾想到过要反抗，还心甘情愿地对她俯首帖耳。在她整个人身上，在这个生气勃勃、婀娜多姿的人身上，掺和了狡黠诡诈与无忧无虑，矫揉造作与质朴纯真，安详宁谧与热情奔放，令人心驰神往。她做的每件事，说的每句话，一举手一投足，都洋溢出细腻纤巧的魅力，显示出别具一格、万分活跃的力量。她的脸部也在片刻不停地变化、活动，它可以几乎在同一时间里表现出冷嘲热讽、若有所思和春心荡漾。形形色色的情感，轻盈飘逸、如多风的晴日飘过的云影一般稍纵即逝的情感，有时会掠过她的双眸与两唇。

每一个拜倒在石榴裙下的人她都需要。别洛符索罗夫有时被她称作"我的野兽"，有时直截了当称作"我的"，却巴不得为她赴汤蹈火。他虽然对自己的智能和其他长处心中没有把握，却还是一个劲儿地向她求婚，还暗示说别人说的话都是信口开河。对于她心灵的琴弦来说，马伊达诺夫倒是心心相印的。像所有舞文弄墨的人一样，他是个冷淡无情的人物，但他却竭力要使她，或许也是使自己相信他对她是一往情深的，他用无休无止的诗句去讴歌她，怀着某种装腔作势却又真心实意的激情向她朗诵诗句。她既同情他，又对他不无逗乐取笑。她不怎么相信他，在听够了他的肺腑之言后叫他朗诵普希金的诗，照她的说法是为了净化空气。卢申这位喜欢冷嘲热讽、说话不知脸红的医生比谁都了解她——同时比谁都爱她，虽然当面和背后常要骂她。她敬重他，可对他也毫不宽容，有时甚至怀着特有的幸灾乐祸的心理让他感觉到他也在她的掌握之中。"我是个弄情卖俏的女人，我不知好歹，我生性像个戏子。"有一次她当我的面对他说，"啊，这就是好人！既然这样，就把您的手伸给我，我用大头针在上面扎一下，您就会为这个年轻人而不好意思，您会觉得痛。尽管如此，您这位正直的好人先生，还是请面露笑容。"

卢申脸红了，转头咬紧了嘴唇，但是最后还

是把手伸了过去。她扎了他一下，而他也真的笑了……她在把大头针深深扎进去并看着他那双故意向旁边扫视的眼睛时也笑了……

我最难理解的是季娜伊达和马列夫斯基伯爵之间的那种关系。他英俊、机灵、聪慧，但他身上的某种疑虑重重、虚情假意的东西连我这个十六岁的少年也觉察到了，而令我惊讶的是季娜伊达竟没有发觉。也许她感觉到了这种虚情假意，但并不讨厌。非正规的教育、不正常的结交和习惯、母亲的寸步不离、贫困和居室的杂乱无章，总之这一切种种，从年轻姑娘所享有的自由和意识到自己对周围人所占的优势开始，都在她身上助长了某种凡事都不大在乎的漫不经心的态度和不太挑剔苛求的性格。往往有这样的情况，无论发生什么事——伏尼法蒂进来报告食糖用完了，或者传出了某一件丑闻，或者客人们争吵起来——她都只摇摇那头鬈发，说道："小事一桩！"很少有叫她难受的事。

然而马列夫斯基走到她跟前，像狐狸一样狡猾地摇头摆尾，仪态优雅地靠在她的椅背上，带着扬扬自得、媚态十足的笑容，开始凑近她耳朵窃窃私语。而她则交叉着两臂放在胸前，专注地瞧着他，自己也面带笑容，连连摇头。通常在这时，我便全身热血沸腾起来。

"您怎么这么喜欢接待马列夫斯基先生？"有一次我问她。

"因为他有这么漂亮的唇须，"她答道，"而且这不关您的事。"

"您是否认为我在爱他呢？"另一次她对我说，"不，我不可能去爱那些我必须居高临下地看待的人。我需要他自己就能使我屈服的人……可是我碰不到那样的人，上帝是仁慈的！我不会屈服于任何人，绝不会！"

"也许您永远不会爱上哪个人？"

"就说您？难道我不爱您？"她说着用手套的指尖在我鼻子上一碰。

不错，季娜伊达老拿我寻开心。三个星期里我和她每天见面，她对我什么事没有干过！她不常来我们家，不过我对此并不惋惜，在我们家里她成了千金小姐、公爵家的女儿，我见了她会不好意思。我怕在母亲面前露马脚，她对季娜伊达非常看不上眼，总是不怀好意地注意着我们俩。对父亲我不怎么怕，他对我仿佛毫不在意，也很少和她说话，不过说起话来似乎特别睿智和意味深长。我不再复习迎考，读书写字——我甚至不再在郊外散步、骑马。我犹如一只拴在凳脚上的甲虫，总是围着可爱的偏屋转个不停，似乎想永远留在那儿不走了……但这是不可能的。母亲常对我唠叨，季娜伊达自己有时也要赶我走。这时我便将自己关进房里，或者走到花园的边缘，爬上那座残存的高高的砖砌暖房的废墟，让两只脚从墙上向下挂着，一坐就是几个小时，看呀，看呀，就是什么也没有看进去。我附近沾满灰尘的荨麻上，一群白蝴蝶懒洋洋地飞来飞去。不远处一块断掉一半的红砖上，一只活泼的麻雀气冲冲地唧唧直叫，不停地将整个身子调来调去，还张开了尾羽。尚未消除疑虑的乌鸦高高地停在白桦树光秃秃的树梢上，有时叫上几声，白桦树稀疏的枝叶间透进阳光和风儿。顿河修道院按时送来报时的钟声，安宁而凄婉。而我，坐着，望着，听着，全身充满了某种无以名状的感受，这种感受里什么都有，有哀愁，有欢乐，有对未来的向往，有期待，也有对生活的恐惧。然而由于我内心躁动不安的种种情绪，当时我对此丝毫不能领会，恐怕也不能尽道其详……或者，这一切我已经用一个人的名字——季娜伊达的名字道了出来。

而季娜伊达依然像猫捉老鼠一样玩弄我。有时她在我面前卖弄风情，我被她搅得心旌摇荡，忘乎所以。有时她突然把我一把推开，我便不敢接近她，不敢看她一眼。

记得她曾一连几天对我很冷淡，我全然慌了神，就是胆战心惊地跑进偏屋去，也要千方百计待在公爵夫人身边。尽管正是这几天她骂人骂得最凶，吆喝得也最厉害——她那桩期票官司很不顺手，她已经向警察分局局长做过两次说明。

有一次，我经过前面提到过的那处栅栏，见到了季娜伊达。她坐在草地上，用双手撑着，一动也不动。我曾想小心地离开，但是她猛然抬起头来，向我做了一个命令式的动作。我站在原地呆住了，一开始我没有弄明白她的意思，她再次做这个动作向我示意，我立刻跳过栅栏，欢天喜地地向她跑去。然而她却用目光示意我停下来，并指着路上离她两步远的地方。我感到难堪，又不知怎么办才好，就在路边跪了下来。她脸色异常苍白，身上每一根线条都流露出如此痛苦的哀伤、如此深沉的疲惫，使我的心猛地抽紧了。我不由得喃喃问道：

"您怎么啦？"

季娜伊达伸出一只手摘了一根小草，放在嘴里咬了咬，又把它远远地扔了开去。

"您非常爱我？"她终于问道，"是吗？"

我一句话也没有回答——再说我干吗要回答呢？

"不错，"她重复说，依然那样望着我，"是这么回事。是那样一双眼睛。"她加了一句，便陷入了沉思，用双手捂住了脸。"我对什么都厌倦了。"她轻声说，"我还是走得远远的好，我受不了这些，也对付不了……前面等待我的是什么！……唉，我心里难受啊……老天，多难受啊！"

"为什么？"我怯生生地问。

季娜伊达没有回答我，只耸了耸肩。我继续跪着，非常忧伤地望着她。她的每句话都深深地割着我的心。此时此刻，只要能叫她不难过，我怕是连命都愿意豁出去的。我望着她，还是不明白她为什么心里难受，所以我胡思乱想，想象一阵无法遏制的忧伤突然袭上她的心头，她就走进花园，像被割倒的草一样，倒在了地上。周围一片晴朗，青翠欲滴，风儿在树叶间飒飒作响，有时摆动季娜伊达头顶上方马林果树长长的枝条。不知什么地方，鸽子在咕咕鸣叫，蜜蜂在稀疏的草丛上往返飞舞，嗡嗡作响。上面是一抹赏心悦目的蓝天，而我却愁绪满怀。

"给我念首诗吧，"季娜伊达轻轻说，一面支着一只胳膊肘，"我喜欢听您朗诵诗。您会唱歌，但不怎么样，还显得稚嫩一点。您给我念《格鲁吉亚的山冈》吧，不过先坐下。"

我坐下来朗诵《格鲁吉亚的山冈》。

"'因为叫它不爱怎么可能'，"季娜伊达重复着这诗句，"诗歌美就美在，它告诉我们的是并不存在的事物，那事物不仅比存在的东西更好，甚至更像真理……因为叫它不爱怎么也不可能——尽管它希望，但是做不到！"她又闭上了嘴，猛然间她身子一振，站了起来。"咱们走。马伊达诺夫在妈妈那儿坐着，他给我送来了他写的长诗，我却把他撂在那儿了。现在他同样很伤心……怎么办！您往后会懂的……只不过请别生我的气!"

季娜伊达匆匆握了握我的手,就向前跑去。我们回到偏屋里。马伊达诺夫开始朗诵刚刚出版的《凶杀犯》,但是我没有听。他拉长了声调,大声朗诵自己的四音部抑扬格诗句,韵脚交替,铿锵有声,仿佛铃铛在辚辚作响,悠扬而响亮,而我还一直在看着季娜伊达,努力去理解她最后那几句话的意思。

　　或者,可能是一个暗中的对手

　　意外地将你征服?——

马伊达诺夫突然用鼻音大声喊道——于是我和季娜伊达两人的眼睛相遇了。她垂下眼睑,轻轻地泛起了红晕。我见她脸红了,一惊之下冷静下来。我以前已经醋意在心,但是到此刻才在脑子里闪过她已经爱上他的念头："天啊,她爱上他了!"

十

　　我真正受煎熬的日子从那一刻开始。我绞尽脑汁,反复思量,苦思冥想,而且寸步不离地观察季娜伊达的动静,虽然尽可能隐蔽地进行。她内心发生了变化,这是显而易见的。她常一个人出去散步,而且散步得很久。有时她在客人面前不露面,守在自己房里一坐就是几个小时。以往见不到她有这种习惯。倏然之间我变得,或者我似乎觉得我变得能明察秋毫了。"莫非是他?或者说不定是他?"我问自己,同时惶惑不安地对她的倾慕者一个个排队分析。我暗地里觉得马列夫斯基伯爵比别人更危险,虽然为了季娜伊达我不愿意承认这一点。

我的观察力达不到比我的鼻子更远的地方，再说我的隐蔽性也许瞒不过任何人，至少卢申医生不久就对我的深浅一清二楚了。不过最近他又变了，他瘦了，虽然照样笑声不断，但是不知怎的那笑声有点低沉，缺乏善意，也较短促——一种情不自禁、神经质的激动易怒的情绪替代了先前那种轻松的讽嘲和故意放纵的厚颜无耻的态度。

"年轻人，您干吗老往这儿钻？"一次他和我留在查谢金家客厅时，曾对我说（当时公爵小姐散步未归，而公爵夫人大呼小叫的声音正在顶楼里发作——她在骂她的女仆），"您应当学习，干正经事，趁您还年轻——可您在干什么？"

"您不可能知道我在家里干不干正经事。"我回答他说，语气间颇有点鄙夷不屑，不过也不无局促不安的心情。

"什么正经事！您脑子里想的不是这个。好，我们不争……在您这样的年纪这是常情。可是您的选择太不妥当了，难道您看不出这间屋子是什么样的一个地方吗？"

"我不懂您的话。"我说道。

"不懂？那对您就更坏。我认为我有责任提醒您，我们这些人，这些老光棍汉，可以来这里走动走动，我们还会怎么样？我们是久经风浪了，还怕什么！可您皮肉还嫩着呢，这里的空气对您有害——相信我吧，您会沾染上的。"

"怎么会这样？"

"正是这样。难道您现在是健康的？难道您处在正常状态？难道您感觉到的事对您有益处，是好东西？"

"可是我究竟感觉到了什么呀？"我说道，其实心里却承认医生说的不错。

"唉，年轻人呀年轻人，"医生继续说道，说话时露出这样的表情，似乎这几个字里隐含着某种使我大受委屈的东西，"您耍什么滑头来着，谢天谢地，好在您还处在心里想着什么就都摆在脸上的年纪。不过有什么好说的呢？假如（医生咬了咬牙）……假如我不是这么个古怪脾气，也许我也不来这儿了。只是有件事可真叫我纳闷，以您的聪明，您怎么就看不到自己周围发生的事？"

"到底发生了什么？"我接过话问，同时全身都紧张起来。

医生含着某种嘲弄、惋惜的目光看了看我。

"我还算是个好人……"他仿佛自言自语地说。"非常需要告诉您这个道理。总之，"他提高嗓门又说道，"我再对您说一遍：这里的气氛不适合您。您觉得这里挺舒服，而且没有它还不行！温室里的香味挺叫人舒心，然而人在那儿是不能生活的。喂！听我的话，继续捧起卡伊达诺夫的课本吧！"

公爵夫人走进屋来，开始向医生诉说牙齿痛。接着季娜伊达也到了。

"来得正好，"公爵夫人继续说，"医生先生，给我骂她几句。成天只知道喝加冰块的水，像她这样肺弱的人，这样做对身体有好处吗？"

"您为什么要这样做？"卢申问。

"这样做会有什么结果？"

"什么结果？您会受凉、送命的。"

"真的？会这样吗？那又怎么样呢——人生必由之路嘛！"

"原来如此！"医生埋怨道。

公爵夫人离去。

"原来如此。"季娜伊达重复他的话，"难

道活着就这么快活？回头看看四周吧……怎么样——很好？或者您以为我不明白这一点，没有感觉到？喝带冰块的水给我带来快感，您却正儿八经地规劝我说，犯不着为了瞬间的快感拿这样的生活去冒险——我已经不谈幸福两个字了。"

"说得好，"卢申说，"任性和独立不羁……这两个字眼已经将您概括无余了，您的全部天性都包含在这两个字眼中间了。"

季娜伊达神经质地笑起来。

"您的消息不及时了，可爱的医生。您的观察力不高明，您背时了。戴上眼镜瞧瞧吧，现在我还顾不上任性——作弄您，作弄自己……还有比这更可乐的吗！至于独立不羁……伏尔台玛尔先生，"季娜伊达忽然补充说，并且跺了跺脚，"收起您那副愁眉苦脸的尊容，我受不了别人对我的怜悯。"她迅即离开了。

"有害呀，对您有害呀，这里的气氛，年轻人！"卢申再次对我说。

十一

当晚几位常客在查谢金家相聚，我也在其中。

话题转到马伊达诺夫的长诗上。季娜伊达坦率地对它表示赞赏。

"可是您知道吗？"她对他说，"假如我是诗人，我取的情节就不是这样。也许这全然是胡说八道，可是我脑子里会想些怪念头，尤其当我睡不着觉，到清晨以前，当天空开始变得绯红而又白茫茫的时候。我可能，比如……你们不会笑我吧？"

"不，不！"我们大家异口同声地大声说。

"我就设想，"她把双臂交叠在胸前，眼睛盯着旁边，继续说，"是整整一群年轻少女，夜间，在一条大船里，静静的河面上。月光皎洁，她们都身穿白衣，头戴白色花环，正在唱一首歌——告诉你们，类似赞歌那样的歌曲。"

"我懂，我懂，说下去。"马伊达诺夫神色庄重又富于幻想地说。

"蓦然间，岸上出现喧闹声、笑声、火把、铃鼓……是一群酒神节祭神的女子唱着叫着跑过来。现在，诗人先生，描绘这幅景象是您的事了，我只希望火把是红的，冒着浓烟，祭神的女人们，花环下面的眼睛闪闪有光，而花环是深色的。别忘了，还有老虎皮、酒碗，还有黄金，许多黄金。"

"黄金该放在什么地方呢？"马伊达诺夫把一头扁平的发式往后一甩，两个鼻孔张得大大的，问道。

"什么地方？肩膀上，手上，脚上，到处都有。据说古代的妇女把金环套在脚踝上。祭酒神的女人们招呼少女到自己身边去。少女们停止了唱着的赞歌——她们唱不下去了——但是纹丝不动，河水正把她们送到岸边。就在这时忽然其中一位少女悄悄站起来……这情节应该好生描写一番：她怎么在月光下悄然起立，又怎么使女伴们大吃一惊……她跨过船舷，祭神的女人们将她团团围住，趁着夜色向黑暗处疾奔而去……设想这时有一团浓烟，什么也看不清楚，仅仅能听见她们的尖叫声，还有就是那少女的花环留在了岸边。"

季娜伊达闭上了嘴。（"哦！她堕入情网了！"我想。）

"仅仅如此？"马伊达诺夫问。

"仅仅如此。"她回答。

"这不可能用作我整首长诗的题材，"他郑重地指出，"不过我会利用您的构思写一首抒情诗。"

　　"浪漫主义风格的？"马列夫斯基问。

　　"当然，浪漫主义风格的，拜伦式的。"

　　"可是我以为雨果比拜伦好！"年轻的伯爵随便说道。

　　"雨果是一流的作家，"马伊达诺夫反对道，"我的朋友通科舍耶夫在他的西班牙小说《艾尔-特罗瓦尔多》里……"

　　"啊，就是那本问号倒写的书吗？"季娜伊达打断他的话说。

　　"不错，西班牙人习惯上这样写。我想说，通科舍耶夫……"

　　"得啦！你们又争起古典主义和浪漫主义了，"季娜伊达又一次打断他，"咱们还是玩……"

"玩方特？"卢申接口说。

"不，玩方特没意思，还是打比方。"（这种游戏是季娜伊达自己想出来的：报出一样东西，每个人努力用另一样东西对它做比喻，谁举出的比喻好，就得奖。）

她走到窗前。太阳刚下山，天空高悬着长长的红色云彩。

"这些云像什么？"季娜伊达问。未等我们回答，她又说道："我认为像克利奥帕特拉驶去迎接安东尼的金色船舰上的紫帆。马伊达诺夫，记得吗？您不久前给我讲过这个故事。"

我们大家都像《哈姆雷特》里的波乐纽斯一样，一口咬定说云像紫帆，而且认为比这再好的比喻谁也找不出来。

"当时安东尼几岁？"季娜伊达问。

"大概是个年轻人吧!"马列夫斯基说。

"不错,是年轻人。"马伊达诺夫肯定地说。

"对不起,"卢申嚷起来,"他已经四十出头啦。"

"四十出头。"季娜伊达重复一遍,用迅疾的目光向他瞥了一下。

不久我就告辞回家了。"她堕入情网了,"我身不由己地轻声说道,"可是爱上了谁呢?"

十二

日子一天天过去。

季娜伊达变得越来越乖僻,越来越不可捉摸。一次我走进她屋里,见她坐在一张草黄色的椅子上,头紧靠桌子起棱的边上。她挺直身子……满脸泪痕。

"啊! 是您!"她露出冷峻的笑容说,"过来。"

我走到她跟前，她把一只手放到我头上，突然抓起我的头发开始拧起来。

"好痛……"我终于出声了。

"啊，好痛！我就不痛吗？不痛吗？"她重复说。

"唉！"她看到揪出了我的一小绺头发后大声说，"我做了什么啦？可怜的伏尔台玛尔先生！"

她小心翼翼地理直了揪出的头发，绕在一根手指上，做成了一个小圈。

"我要把您的头发放进我项链上的肖像盒里，我要戴上它。"她说着，眼眶里还挂着亮晶晶的泪花，"这对您也许是个小小的安慰……现在，再见吧。"

我回到家里，又遇到了不愉快的事。母亲正在对父亲解释。她对他有所责怪，他则一如往常，冷冷地、彬彬有礼地一言不发，不久就走了。我听不清母亲说了些什么，而且也无心去听她，我只记得解释结束后她吩咐把我叫进她房里，对我经常拜访公爵夫人家大为不满，照她的说法，公爵夫人是什么样的事都会做的女人。我走近前去吻她的手（每当我想结束和她的谈话时，我总是这样做），接着就回自己房里去。季娜伊达的泪水使我如堕五里雾中。我全然不知该拿什么主意，而且我自己也真想哭一场——别看我长到了十六岁，毕竟还是个孩子。我已不再去想马列夫斯基，虽然别洛符索罗夫一天比一天虎视眈眈，像狼看羊一样盯着狡黠的伯爵，再说我什么东西、什么人都不想。我茫然不知所措，一心想找一个能让我孤身独处的地方。我特别喜欢暖房的废墟。我常爬上高高的墙壁，坐下来，坐在那里，完全成了个不幸、孤独和忧愁的少年，连我自己也不免顾影自怜起来。这种忧愁的心情使我感到如此快乐，如此陶醉！

就这样，有一次我正坐在颓墙上眺望远方，听着钟鸣……倏然之间有东西在我身边掠过，说风不是风，也不像是战栗，犹如微风在拂动，又如感觉到有人近在咫尺。我低头下望，下边路上，季娜伊达身穿轻盈的灰色连衣裙，肩头斜扛着一把玫瑰红小伞，正匆匆而行。她见到我，便停住了脚步，将草帽的帽檐向后一推，抬起那双温柔娇媚的眼睛来看我。

"您坐在那么高的地方做什么来着？"她脸上挂着某种奇异的笑容问我。"现在，"她接着说，"您还想让我相信您是爱我的——如果您当真爱我的话，就请跳下来，到我这边的路上来。"

没等季娜伊达把这句话说完，我已经飞也似的跳将下去，犹如有人从背后推了一把似的。墙有两沙绳[1]高。我双脚着地，但是落地时的力量太大，我没能站稳，身子倒在地上，顿时失去了知觉。待我苏醒过来，虽然还没有睁开眼睛，却已感觉到季娜伊达在我身边。

"我亲爱的孩子，"她俯身向我说道，话音里流露出一腔焦灼不安的脉脉柔情，"你怎么能这么做呢？你怎么能听了我的话就做呢……要知道我是爱你的……起来吧。"

她的胸膛在我身边呼吸，她的手轻触我的头部，蓦然间——此时此刻我遇到了什么事啊！——她那柔软、新鲜的双唇开始用亲吻印遍我的脸庞……那嘴唇碰到了我的嘴唇……然而就在这时，季娜伊达根据我脸部的表情大概猜到我已经苏醒过来，虽然我的双眼尚未张开。她迅即

---

1 俄制长度单位，1沙绳约合2.13米。

稍稍站起，说道：

"好啦，起来吧，淘气鬼！简直疯啦，您干吗躺在尘土里？"

我站了起来。

"把伞拿给我。"季娜伊达说，"看，我把它丢在那边啦，别这样看我……这有多蠢？您没摔坏吧？也许让荨麻给刺痛了？对您说，别老盯着我……"我什么也不明白，也不回一句话。她仿佛自言自语地又说道："伏尔台玛尔先生，回家去吧，去洗一洗，可别再跟着我走了。要不我会生气的，那就无论什么时候也别想再……"

她没说完话就麻利地走开了。我坐在路上……两只脚还站不起来。被荨麻刺伤的两手生痛，头还阵阵发晕。然而当时我经受到的巨大的幸福感，今生今世再也不会有第二次了。这种情感在我的四肢里留下了甜蜜的疼痛，最终化解为兴高采烈的欢呼与雀跃。毕竟我还是个孩子。

十三

整整这一天我是如此欢乐与骄傲，我记忆里如此鲜明地保留着季娜伊达亲吻我面颊的感受，我带着如此欣喜的战栗回味她说的每句话，我如此珍惜这不期而至的幸福，甚至心里感到害怕，不想再见到她这位给我带来这些新感受的人。我仿佛觉得已经不可以再向命运要求什么了，现在最好"痛痛快快地吸上最后一口气，就马上死去"。然而当我第二天再去偏屋时，却感到浑身不自在。虽然，一个想让别人明白自己是善于保守机密的人，会相应地装出满不在乎的潇洒态度，但是我企图掩饰这种不自在的努力却毫无结果。季娜伊达平平常常地接待我，丝毫没有激动不安的样子，只是伸出一根手指头向我警示，并问我跌伤处有没有乌青。我的潇洒自若和神秘心理顿时烟消云散，同时我的不自在情绪也无影无踪了。当然我并不期待非同寻常的事情发生，但是季娜伊达的冷静恰似一瓢冷水浇在我头上。我明白在她眼里我是个孩子，于是我心情变得非常沉重。季娜伊达在房间里来回踱步，每当她的目光触及我，便匆匆一笑，然而她的心思却在远处，这一点我看得一清二楚……"为了彻底搞清原委，"我心里想道，"我得自己提起昨天那件事，问她那样急急匆匆上哪儿去……"但是我只挥了挥手，便坐到了一个角落里。

别洛符索罗夫进来了，我对他的来临感到高兴。

"我没有为您物色到一匹驯服的马，"他声音严肃地说，"弗列依塔格向我保证能搞到一匹，但是我不大有把握。我担心。"

"您担心什么？"季娜伊达问，"能允许我问一句吗？"

"什么？您骑马可不是内行啊。可别出什么事！您脑子里怎么会忽发奇想的？"

"这是我的事，我的野兽先生。既然这样我就去求彼得·瓦西里耶维奇……"（我父亲名叫彼得·瓦西里耶维奇。我诧异她如此轻松地提到他，仿佛对他乐意为她效劳胸有成竹似的。）

"原来如此，"别洛符索罗夫问道，"您是想和他一起骑马？"

"和他还是和别人，对您反正是一码事。只是不和您一起。"

"不和我一起！"别洛符索罗夫重复她的话说，"随您的便。我怎么样呢？我给您搞一匹马来就是了。"

"不过得留神，可别弄一匹像牛一样的马来。

我预先告诉您，我是打算骑着又蹦又跑的。"

"好吧，也许……那您和谁一起骑马呢，该不是和马列夫斯基吧？"

"为什么就不能和他一起呢，当兵的？好啦，放心吧，"她又说道，"也别瞪眼睛，我也会带您去。您知道马列夫斯基现在对我算什么——呸！"她摇了摇头。

"您说这句话是为了安慰我吗？"别洛符索罗夫说。

季娜伊达眯起了眼睛。

"这是安慰您吗？……哦……哦……哦……当兵的！"她终于说道，似乎找不到别的字眼，"那么您，伏尔台玛尔先生，和我们一起骑马怎么样？"

"我不喜欢……稠人广众……"我吞吞吐吐地说，连眼皮也没有抬起。

"您宁肯独自一个人？……好吧，自由属于自由的人，天堂……属于灵魂得救的人。"她叹口气说道，"别洛符索罗夫，走吧，去张罗去。我明天以前要搞到马匹。"

"对，可是哪儿来的钱呢?"公爵夫人插进话来。

季娜伊达皱起了眉头。

"我又不会向您要钱，别洛符索罗夫相信我。"

"他相信你，他相信你……"公爵夫人唠唠叨叨说，突然她放大嗓子喊起来，"杜妮亚什卡!"

"妈妈，我送您一个小铃铛。"公爵小姐说。

"杜妮亚什卡!"老太太又喊道。

别洛符索罗夫鞠躬告辞，我和他一起告退。季娜伊达没有挽留我。

十四

翌日清晨我早早地起了床，给自己削了根木棒后便向城外出发，说是去排遣排遣自己的痛苦。天气晴好，阳光明媚，而且不太热。欢快、清新的晨风在上空游荡，它的喧哗与戏耍恰到好处，既吹得万物簌簌轻动，却又对什么也不惊扰。我在山上、林间久久踯躅徘徊，我并不觉得自己幸福，出门的时候曾经打算在愁绪中沉溺一番。然而清晨晴朗的天气、新鲜的空气、迅步捷走的快意、如茵的碧草上孤身独卧的怡然自得，占了上风。对那些难以忘怀的话语的回味，对那些亲吻的回忆，一齐涌上了心头。我乐滋滋地想季娜伊达毕竟不会不公正地对待我的果敢精神和英雄行为……"对她来说，别人比我强，"我想着，"就算这样吧！可是别人只会说将要怎么办，我却做了！不仅如此，我还能再为她做！"我开始浮想联翩。我开始想象我如何将她从敌人手里拯救出来，我如何浑身鲜血淋漓，将她从监狱里解救出来，又如何在她脚边死去。我想起了挂在我家客厅里的一幅画：带走玛蒂尔达的马列克-阿代尔[1]。于是马上开始想象有一只花色斑斓的大啄木鸟出现，那只鸟忙忙碌碌地沿一棵细细的桦树干上升，惶惶不安地从树干后面向外左顾右盼，宛如一个琴师在大提琴的琴颈后面左右摇晃。接着我唱起了《白雪不白》，继而转入当时一首著名的情歌《我等着你，当快乐的微风吹起的时候》，然后我开始大声朗诵霍米亚科夫的悲剧里叶尔马克向星星的致辞。我曾试图写点富有情感的东西，甚至想好了用以作为全诗结尾的诗句："哦，季娜伊达！哦，季娜伊达！"这一切当

---

1 法国作家玛丽·科登所著历史小说《玛蒂尔达》中的主人公。

然都毫无结果。到了午饭时分，我向山下的谷底走去，一条窄小的沙土小径在谷地里逶迤而过，一直通向城里。我正在这条小径走着，忽然背后传来低沉的马蹄声。我回过头去，不由自主地停住了脚步，并摘下了鸭舌帽——我看见了我的父亲和季娜伊达。他们俩骑在马上并肩而行，父亲整个身子歪向她一边，一手靠在她的马颈上，正和她说着话。他脸上挂着笑容，季娜伊达神色严肃地垂下眼帘，紧闭双唇，默默地听着他。起先我只看到他们俩，但是稍过不久，从谷地的拐角处出现了别洛符索罗夫，身穿带披肩的骠骑兵制服，骑一匹口吐白沫的黑马。善良的马不住地转动着脑袋，打着响鼻，颠着四蹄。骑手一面勒住马头，一面又用马刺刺它。我闪到了一边。这时父亲提起马缰，离开了季娜伊达，季娜伊达随后也纵马驰去……别洛符索罗夫跟在他们后面追赶，军刀发出铿锵的碰击声。"他面孔红得像虾，"我忖道，"而她……为什么脸色这么苍白？骑马走了一个上午，却会脸色发白？"

我也加紧步伐，在晚饭前赶回家里。父亲已经换过装，洗漱过，神清气爽，坐在母亲座椅的一旁，正用平稳、洪亮的嗓音给她念《评论报》上的一篇小品文。但是母亲却心不在焉地听着，见我进来便问我这一整天跑哪儿去了，接着又说她不喜欢别人老是到天晓得的地方和天晓得的人一起乱跑。"可我是一个人玩的。"我曾想这样回答，但是看了看父亲，不知为什么就缄口不言了。

十五

此后五六天内，我几乎不大与季娜伊达照面，按照偏屋里常客们的说法，她称病谢客，但是这对于他们照例来此做客，倒是无所影响。只有马伊达诺夫除外，他一听说失去了兴高采烈的逗乐机会，顿时垂头丧气，觉得寂寞无聊了。别洛符索罗夫闷闷不乐地坐在一角，他扣上了所有纽扣，满脸通红。马列夫斯基伯爵的瘦脸上总是浮现着一丝不怀好意的微笑。他确确实实在季娜伊达面前失了宠，所以便特别卖劲地去巴结公爵老夫人，陪她乘驿车去晋见总督。不过此行并不顺利，马列夫斯基甚至遇上了一件扫兴事：有人向他提起他与几个道路公务员之间的一起纠纷，在给出自己的解释时他不得不承认当时自己缺乏经验。

卢申每天大约来两趟，不过待的时间不长。自从最近与他做过一番解释起，我有点怕他，同时又真心实意地对他怀有好感。一次他和我一起去无愁园散步，显得非常温厚与和蔼可亲，告诉我各种草类和花朵的名称与特性。突然他拍了拍前额大声叫起来，这个举动真可谓有点无缘无故："唉，我这个傻瓜蛋，竟认为她是个卖情弄俏的女人！乐滋滋地将自己做了牺牲——为了别人。"

"您这样说是想告诉我什么呢？"我问。

"对您我什么也不想说。"卢申生硬地回答说。

季娜伊达对我避而不见，我不能不发现，我的出现给她留下的印象并不愉快。她见到我就不由自主地要躲避我……不由自主地，我感到痛苦的正是这一点。也正是这一点使我伤心欲绝，然而毫无办法，于是我竭力不在她跟前露面，只在远处暗暗地守候她，但是这一点也总是难以做到。她身上似乎发生着某种令人难以捉摸的变化，她的容颜变成另一番模样，整个像换了个人，叫我惊讶。那是在一个温和宁静的傍晚，我坐在一大丛接骨木下一张低低的长椅上，我喜欢这个地方，因为从那里望得见季娜伊达房间的窗户。我坐着，我的上方，在黑魆魆的枝叶间，一只小鸟正忙忙碌碌地转来转去。一只灰猫挺直了腰背，小心翼翼地蹑着脚溜进园来。初生的甲虫在夜间变暗的空中沉闷地嗡嗡飞叫。我凝视着那窗口，期待着窗户会忽然打开。果然，窗开了，窗口出现了季娜伊达。她身穿一件白衣服——她本人，她的脸庞、双肩、两手都苍白得毫无血色。她久久伫立不动，从紧蹙的双眉下向远方凝望。我从未见过她这样的眼神。接着她握紧双手，紧紧地贴到双唇上、前额上……猛然间她又松开十指，把头发撩到耳朵后面，又摇头抖了抖，像是怀着某种决心一样点了点头，砰的一声关上了窗户。

两三天以后她在花园里遇见我。我想闪到一边去，但是她叫住了我。

"把您的手伸给我。"她以往常的亲切口吻说，"我好久没有和您聊天了。"

我望了她一眼，她的双眼闪耀出宁静的光彩，面带微笑，仿佛隔着烟雾。

"您身体仍然不舒服吗？"我问她。

"不，现在都过去了，"她一面回答，一面摘下一朵较小的玫瑰花，"我有点累，不过就是这样也会过去的。"

"那您还会和以前一模一样吗？"我问。

季娜伊达将玫瑰凑近脸面——我仿佛觉得鲜艳的花瓣的反光落到了她的面颊上。

"难道我变了吗？"她问我。

"是的，变了。"我轻声回答。

"我曾经对您很冷淡，这我知道。"季娜伊达开始说，"但是您不应当介意这一点……我不能不这样做……得啦，这有什么好说的！"

"您不希望我爱您——这就是实质所在！"我闷闷不乐地嚷道，不由得激动起来。

"不，您爱我吧——不过不是像以前那样。"

"究竟怎么样？"

"我们交朋友吧——就这样！"季娜伊达让我闻闻玫瑰，"听着，我年纪比您大得多，够做您的姨妈，真的。就算不是姨妈，算姐姐吧。而您……"

"我对您来说是个小婴孩。"我打断她的话说。

"不错，是小婴孩，不过是个可亲可爱、又好又聪明、我非常喜爱的孩子。您可知道？正是从今天起，我提升您作为我的侍从。您可别忘记，侍从是不能和自己的女主人分离的。这就是您的新头衔的特殊含义。"她一面把玫瑰插进我上衣的扣眼里,一面补充说,"这是赐予您恩惠的标志。"

"我已经得到您另外的恩惠。"我喃喃地说。

"啊!"季娜伊达说道,同时从侧面望了望我,"他这个人记性真是可以!也好!现在我打算……"

于是她向我俯下身子,在我额头印上一个纯洁无邪、安安静静的吻。

我只看了看她,她则转过身去说了句"跟我走,我的侍从",然后朝偏屋走去。我跟着她,但心里却感到莫名其妙。"难道,"我想,"这个温柔可爱、通情达理的窈窕淑女就是我曾经认识的季娜伊达?"我觉得她的步态更加安详了——她的整个身影更加雍容华贵、亭亭玉立了……

哦,我的天!我心中的爱情之火又以多么强

大的力量重新燃烧起来！

十六

　　午后客人们又在偏屋里会聚——公爵小姐出来见他们了。如同那令我难忘的第一个夜晚一样，全体人马都到齐了，一个也不缺。尼尔马茨基也挣扎着来了，马伊达诺夫这次比谁都到得早——他带来了他的新诗作。又开始做方特游戏，不过不再有像先前那样不顾体统、胡闹嬉戏、闹闹嚷嚷的乖张举动——茨冈人式的成分已荡然无存。季娜伊达给我们的聚会加入了新的情趣，我以侍从身份坐在她身边。她顺便提出建议，要求出题的人讲一个自己的梦，但是这个建议并不成功。大家讲的梦要么索然无味（别洛符索罗夫梦见用鲫鱼喂马，马头是木头做的），要么生搬硬套，是杜撰出来的东西。马伊达诺夫给大家讲的故事比较完整：有墓穴、手拿七弦琴的天使、会说话的花朵、远方传来的声音等。但是季娜伊达也没有让他讲完。

"既然已经到了编造的地步，"她说，"那就让每个人都讲一个一定是杜撰的故事吧！"

轮到第一个讲的又是别洛符索罗夫。

年轻的骠骑兵犯愁了。

"我可什么也杜撰不出来！"他嚷道。

"那有什么了不起！"季娜伊达接着他的话说，"您设想一下，比如您已经结婚，您就告诉我们您打算这么和您妻子共度光阴。您想将她锁在家里吗？"

"我想把她锁起来。"

"您自己愿和她坐在一起吗？"

"我一定会陪她一起坐。"

"好极了。那么假如她对您厌倦了，背叛了

您呢？"

"我会杀了她。"

"假如她逃跑了呢？"

"我会把她追回来，并且仍然会杀了她。"

"是这样。那么假如我是您的妻子，这时您将怎么办？"

别洛符索罗夫沉默了。

"我会杀了自己……"

季娜伊达笑了起来。

"我看得出来，您这个人好对付。"

第二个轮到的是季娜伊达。她抬眼望着天花板，沉思起来。

"是这样，大家听着，"她终于开始了，"我想出来的故事是这样的……你们想象有座金碧辉煌的宫殿，一个夏夜，一场美不胜收的舞会。举办这场舞会的人是一位年轻的女王。到处是黄金、大理石、水晶、丝绸、火焰、宝石、鲜花、香烟，总之想得出来的豪华东西都有了。”

“您喜欢豪华吗？”卢申打断她的话。

“豪华是美，”她回答说，“我喜欢一切美的东西。”

“比最美的东西还要喜欢吗？”他问。

“这句话好狡猾，我不明白。别打岔。总之是场豪华的舞会。嘉宾如云，个个都年轻、漂亮、英气勃勃，个个都对女王爱得神魂颠倒。”

“宾客里没有女宾吗？”马列夫斯基问。

“没有——哦，请等一等——有。”

“而且不漂亮？”

“美得叫人着迷。但是个个男子都爱上了女王。她高挑个儿，身材苗条，黑头发上有一个小小的黄金头饰。”

我看了看季娜伊达——在这一瞬间，我觉

得她比我们大家高大，从她白皙的前额到凝聚不动的双眉，都洋溢出如此辉煌的智慧和控制万物的力量，使我心里想道："你自己不就是这个女王吗？"

"大家聚在她的周围。"季娜伊达继续说，"大家都用尽所有阿谀奉承的言辞来讨好她。"

"她喜欢奉承吗？"卢申说。

"真讨厌！老是打断别人说话……谁不爱听好话？"

"还有一个，最后一个问题，"马列夫斯基说，"女王有丈夫吗？"

"这一点我想也没有想过。不，干吗要有丈夫？"

"当然，"马列夫斯基接口说，"干吗要丈夫呢？"

"安静！"马伊达诺夫嚷道，他的法语说得

很差。

"谢谢。"季娜伊达对他说，"就这样，女王听大家说话，听音乐，但是对任何一位宾客都不看一眼。从上到下，从天花板到地板，六扇窗户洞开。窗外是闪着大星星的漆黑天空和栽满大树的黑魆魆的花园。树附近是一个喷泉，水柱在黑暗中泛着白光，长长的，长长的，好像一个幽灵。透过人声和音乐，女王听得见轻轻的水溅声。她望着，心里想：先生们，你们大家都高尚、聪明、富有，你们围着我，把我的每一句话视为至宝，人人都愿意在我脚边死去，你们在我的掌握之中……可是那边，喷泉旁边，在那欢腾跳跃的水边，一个人站着，等着我，他是我所爱的，我在他的掌握之中。他身上既没有华贵的服饰，也没有宝石，谁也不认识他，然而他却在等待我，并且确信我会到来——我真的会到来，而且当我想到他那里去，想和他待在一起，和他一同在花园的暗处，在树叶沙沙的声响和喷泉水溅声的掩护下幽会时，没有一种权力能够制止我……"

季娜伊达停住不说了。

"这是臆想吗？"马列夫斯基狡狯地问。

季娜伊达连看也没看他一眼。

"先生们，咱们会怎么行动呢？"卢申突然说，"假如咱们都身在宾客之列，而且知道这位喷泉旁边的幸运者的情况的话？"

"等一等，等一等，"季娜伊达插话说，"让我自己告诉你们每个人该怎么办。您，别洛符索罗夫，向他挑起决斗。您，马伊达诺夫，可以给他写一首题名诗……不过，不，您不会写题名诗，您还是像巴比埃那样，写一首长长的抑扬格诗给他，并且在《电讯》杂志上发表。您，尼尔马茨基，向他借……不，您还是向他放贷取利息。您，医生……"到这儿她止住不说了。"就是您该怎么办，我可不知道了。"

"按照御医的身份，"卢申回答说，"既然女王无暇顾及来宾，我想建议女王取消舞会……"

"也许您是对的。那么您呢，伯爵？"

"我？"马列夫斯基含着一丝不怀好意的笑容重复说，"我会给他送去一块下了毒的糖。"

马列夫斯基的脸轻轻地扭动起来，一时间露出一副犹太人的表情，不过立刻就大笑起来。

"至于您，伏尔台玛尔……"季娜伊达继续说，"不过，够了，让咱们玩别的游戏吧。"

"伏尔台玛尔先生，作为女王的侍从，该在她向花园奔去的时候提起她的长裙。"马列夫斯基刻毒地说。

我的脸唰的一下红了起来，但是季娜伊达敏锐地把一只手放在我的肩膀上，稍稍站起身子，用微颤的嗓音说道：

"我从来没有给予过伯爵大人粗鲁无礼地说话的权利，因此请您离开此地。"她向他指了指门口。

"请原谅，公爵小姐！"马列夫斯基脸色煞白，喃喃地说。

"公爵小姐说得对。"别洛符索罗夫也站起来大声说。

"我，说真的，怎么也没有想到过要侮辱您……请原谅我吧。"

季娜伊达用冷漠的眼光回头望了他一下，轻轻地发出一声冷笑。

"也许是这样，那就请留下吧！"她做出一个随随便便的手势说，"我和伏尔台玛尔先生真犯不着生气。您以恶语伤人为乐事……那就请便吧。"

"请原谅我！"马列夫斯基再次说。而我在回想季娜伊达的动作时却想，真正的女王怕是不会比她更加盛气凌人地向出言不逊者手指房门的。

这个场面过后，方特游戏持续了没有多久。大家都感到有点不自在，与其说是由于场面本身，倒不如说是由于另一种不十分清楚，却令人觉得沉重的感觉。谁也不提那种感觉，然而每个人都意识到它存在于自己和邻座的心里。马伊达诺夫给我们朗诵他的诗——马列夫斯基以最大的热情给他捧场。"他现在多么想装出一副好心肠呵！"卢申对我耳语说。不久我们就分手了，季娜伊达忽然沉思起来，公爵夫人差人来说她头正痛着，尼尔马茨基开始诉说自己的风湿病……

我久久不能入睡，季娜伊达的故事令我惊异。

"故事里莫非隐含着暗示？"我自问道，"可是她暗示谁？暗示什么？如果确实有某种暗示⋯⋯那怎么办？不，不，不可能。"我转身将头从一侧热辣辣的面颊枕到另一侧面颊上，轻声自言自语。然后我想起了季娜伊达讲故事的表情，想起了在无愁园卢申的大声呼喊、季娜伊达对我态度的骤然改变——我在东猜西想中茫然失措了。"他是谁？"这三个字犹如画在黑暗中一般，屹立不动地出现在我的面前，仿佛有一朵不祥的阴云低垂在我的头顶。我已经感受到它的压迫，正在等待它訇然压将下来。近来对查谢金家的许多事我已习以为常，许多事已见怪不怪，他们家里的杂乱无章、油脂做的蜡烛头、拗坏的刀叉、脸色阴沉的伏尼法蒂、衣衫褴褛的女仆、公爵夫人本人的举止风度——这一切奇怪的生活已不再令我惊讶⋯⋯但是对于今天模模糊糊感受到的东西，我还习惯不了⋯⋯"风流女子。"一次母亲这样说她。风流女子竟会是她，我的偶像，我崇拜的对象！这样的称谓刺痛了我，我用睡觉来千方百计地避免再听到这个字眼，并为她愤愤不平。何况只要能成为喷泉旁边的那位幸运儿，究竟什么事我不能同意，什么东西我不能奉献呢！

我心中热血沸腾起来。"花园……喷泉……"我想道，"我得到花园里去才是。"我利索地穿上衣服，溜出屋去。暗夜沉沉，树叶微微作响，静静的寒气自天而降，从菜园里飘来阵阵土茴香的气息。我走遍了所有的林荫道，轻细的脚步声使我既不安又兴奋。我停下脚步等着，听自己心脏的跳动——跳得又响又快。终于我走到了栅栏前，靠在一根细杆子上。蓦地——也许是我的幻觉？——离我几步远的地方闪过一个女人的身影……我努力向暗处凝视，我屏住了呼吸。这是什么？我听到了脚步声？或者这仍然是我自己的心跳？"谁在这儿？"我用几乎听不见的声音悄悄说。这又是什么？是强忍住的笑声？是树叶沙沙的轻响？还是耳边的嘘唏叹息？我感到害怕……"是谁在这儿？"我又一次说，声音压得更低了。

片刻之后，空气开始流动起来，天空闪过一道火红色的光带，是一颗流星的滚动。"季娜伊达？"我想问，但是话到嘴边又刹住了。骤然间，就如通常在夜深人静的时候那样，周围一切都变得寂然无声了——连螽斯也不再在树丛里唧唧鸣叫，只听到某处传来闷沉沉的一声关窗的声音。我站了一会儿，又站了一会儿，便回到自己房间，走到已经变凉的床前。我感到一阵奇异的激动，宛如我去赴过约会了，但是只剩我孤零零的一个人，而且从别人的幸福旁边走过。

十七

第二天我见到了季娜伊达，但只是一晃而过，她和公爵夫人正乘马车到某个地方去。不过我见到了卢申，他只勉强招呼了我一下，也见到了马列夫斯基——年轻的伯爵咧开嘴露了露笑容，友好地和我说起话来。所有拜访偏屋的客人中只有他会转到我们家来，而且取得我母亲的好感。父亲则对他不屑一顾，对待他的态度简直带有侮辱性。

"啊，侍从先生，"马列夫斯基说，"见到您非常高兴。您那美丽的女王怎么样？"

他经过充分睡眠，显得英气勃勃，漂亮的脸蛋此时此刻使我反感透了——他瞧我的眼光是那么鄙夷和猥亵，所以我压根儿不理睬他。

"您还在生气？"他继续说，"毫无必要。您的侍从头衔不是我叫出来的，而作为侍从，对女王应当常随左右。请允许我向您指出，您没有好生履行自己的职责。"

"这怎么说呢？"

"侍从和自己的女主人应当形影不离，侍从应当知道一切，知道主子在干什么，应当注视主子的一动一静。"说到这里他压低声音补充了一句，"不分昼夜。"

"您想说什么？"

"我想说什么？我好像已经表达得一清二楚了。不分昼夜。白天还勉强凑合得过去，白天既光明，人又多，可是黑夜呀——恰恰得等待灾星的降临。我建议您每到夜晚就别睡觉，竭尽全力去观察动静。请记住——在花园里，夜间，喷泉旁，正是这些地方需要去守候。您将会对我说声谢谢。"

马列夫斯基笑起来，背朝我转过身去。也许

他对我说的话并没有什么特定的含义。他被公认为一个故弄玄虚的好手，在假面舞会上以擅长戏弄他人而著称，而那几乎渗透他全身的不经意的虚情假意则对此举大有裨益。他不过是想逗逗我，但是他说的每一个字却像毒汁一样流经了我的全身。血液冲上了我的脑门。"哦，原来如此！"我自言自语道，"好！看来我不是无缘无故才去花园的！这样的事可不会经常发生！"虽然实际上我并不知道什么事，我却大声嚷了一句，还用拳头捶了一下自己的胸脯。我暗想，光顾花园的是马列夫斯基本人（也许他说漏了嘴，这样的恶作剧他是做得出来的），还是另有其人（我家花园的栅栏很低，可以毫不费力地爬过去）？不过那人要是让我撞见，他不会有好下场！我可没有叫任何人在那里和我见面！我会向全世界，还有她这个叛徒（我终于把她称为叛徒了）证明，我是会报复的!

我回到自己房间,从书桌抽屉里拿出不久前才买的一把英国小刀,摸了摸锋刃,便蹙紧眉头,怀着冷峻、专注的果敢心理将刀放进口袋,似乎这样的事我早已司空见惯,不是首次。我胸怀仇恨,情绪激昂,心如铁石,直到夜间我没有舒展过眉头,也没有松开过嘴唇,不时来回踱步,手插在口袋里紧握着温热的小刀,预先准备去干一件可怕的事情。这种前所未有的新感觉使我觉得有趣、快乐,所以关于季娜伊达本人我反而很少去想了。我眼前隐隐约约出现各种幻影。阿乐哥,这个年轻的茨冈人——"年轻的美人,你去哪儿?躺下……""你浑身是血!哦,你干了什么?""没有什么!"我脸上挂着何等残忍的笑容重复这句话:"没有什么!"父亲不在家。母亲一段时间来一直一声不吭,怒气冲冲,不过她注意到了我那愁眉苦脸的样子，吃饭时对我说："你干吗老噘着嘴？"我只用平静的冷冷一笑向她表示回答，心里却在想："要是他们知道！"时钟敲响十一点。我回到自己房里，但没有脱衣，我在等待午夜的来临。午夜的钟声终于敲响了。"时间到了！"我从牙缝里默默挤出这几个字，然后把纽扣一直扣到领口，甚至挽起了袖子，向花园走去。

我事先选定了守候的地点。在花园尽头，分隔我家和查谢金家范围的栅栏靠在公墙上的地方，长着一棵孤零零的云杉。站在云杉低垂、稠密的枝叶下面，不管夜有多么黑，都能一目了然地看到四周发生的事。这里有一条弯弯曲曲的小道，我总觉得它神秘莫测。小道像蛇一般从栅栏下蜿蜒而过，直通耸立在密密层层的合欢树间的一座圆圆的亭子，栅栏的这一处留有爬越的痕迹。我来到云杉树边，倚在树干上，开始守候。

　　夜，如同昨夜一样阒然无声，但是天空阴云不多，所以灌木丛的树影，甚至长在高处的花影，更加清晰可辨。等候的最初时刻令人焦灼，几乎可怕。我已决计应付一切，我只一门心思考虑自己如何采取行动。是大喝一声："哪儿去？站住！放明白点，要不死路一条！"还是直接一刀捅过去？每一个声音，每一声窸窸窣窣和树叶的响动，我都觉得事关重大，非同寻常……我严阵以待……我向前猫起了腰……然而过了半个小时，又过了一个小时，我的热血开始平静并冷却下来，认为自己在做一件无聊的事，认为自己有点可笑，认为不过是马列夫斯基在调笑我。这样的意识开始潜入我的心中。我离开自己埋伏的地方，走遍了整个花园。仿佛有意似的，哪儿也没有丝毫声息，万物都安息了，连我家的狗也在篱笆门边缩成一团，酣然入梦了。我爬上暖房的废墟，看到了展现在眼前的远处的田野，想起了与季娜伊达的邂逅，于是陷入了沉思……

我愣了一下……听到咯吱一下开门的声音，然后是枯枝折断的轻细声响。我一下从废墟上跳下来，停在原地呆住了。花园里分明传来迅捷、轻细、小心翼翼的脚步声。脚步声渐渐向我逼近。"就是他……他终于来了！"我心里马上想到。我哆哆嗦嗦从口袋里掏出刀子，哆哆嗦嗦将它打开，眼睛里冒出一颗颗红色火星，由于恐惧和仇恨，我头上的毛发都颤动起来……脚步声是直接向我这面来的——我弓起身，迎上前去……出现一个人影……我的天！是我父亲！

我当即认出了他，尽管他浑身裹在一件深色的风衣里，宽檐帽低低地遮住了脸孔。他踮起脚从我身边走过。他没有发现我，虽然我毫无遮拦，但我深深地弯着腰，紧缩成一团，几乎要够着地了。醋意十足、准备杀人的奥赛罗突然变成了一个中学生……我父亲的突然出现太使我惊愕了，所以一开始我竟然没有发现他从哪里走来，又在哪里失去踪影。这时我才挺直身子想着："父亲为什么夜间要在花园里走？"想到这一点时，四周已经复归寂静。我吓得把刀子掉进了草丛，但是没有去找它，我心里感到十分羞耻。我一下子清醒过来。我已经在回家的路上了，我走到我那张位于接骨木下的长椅前，望了一眼季娜伊达卧室的小窗。小小的一块块稍有点外凸的窗玻璃，在夜空的微光下泛出暗淡的蓝色。蓦然间……玻璃的颜色变了……玻璃后面——这一点我看见了，看得清清楚楚——有人小心翼翼地轻轻放下白茫茫的窗帘，一直下到窗台，然后就定位不动了。

"这是怎么回事？"当我重新回到自己房间时，几乎是情不自禁地出声说道，"是梦，偶然性，或者……"倏然间进入我脑海的设想是如此新鲜、奇怪，使我甚至不敢想下去。

十八

早晨起床时我感到头痛。昨夜的激情业已无影无踪，它已为沉重的困惑和某种前所未有的忧伤所替代，仿佛我心中的某种信念正在消亡。

"您干吗看起来像只被掏出了半边脑子的兔子？"卢申见到我时对我说。

早餐时我偷偷地一会儿望望父亲，一会儿望望母亲。他像往常一样，平心静气，她也像往常一样，暗暗生气。我等待着，看父亲会不会像他有时对待我的态度那样，开口和我说话……然而他连平日冷淡的爱抚也没有给我。"把这一切都告诉季娜伊达?"我想,"反正我和她之间的关系完了。"我便去她家里,但是不仅一句话也没有告诉她,连同她说话的机会也没有,尽管我非常想同她说话。公爵夫人的儿子从彼得堡来度假,他是中等军官学校的学生,大约十二岁。季娜伊达马上委托我来陪她的弟弟。

"现在向您,"她说道,"亲爱的伏洛佳(这是她第一次这样称呼我)介绍一个伙伴,他也叫伏洛佳,请和他好好相处。他还怕生,不过心地挺好。陪他看看无愁园,和他在那儿玩玩,照顾着他点儿。您会这样做的,是吗?您的心肠也那么好!"

她亲切地把一双手放在我的两肩,我便没了主意。这个小男孩的来临使我也变成了一个男孩。我一声不响地望着军官学校学生,他也默然无言地盯着我看。季娜伊达开怀大笑,把我们两人往对方一推。

"拥抱一下吧,孩子们!"

我们拥抱了。

"我带您去花园里走走,好吗?"我问军官学校学生。

"请吧。"他回答我的声音是沙哑的,纯粹军官学校学生式的。

季娜伊达又大笑起来……我发现她脸上从来没有过如此迷人的光彩。我和军官学校学生便出发了。我家花园里有一副挂了多年的秋千,我把他放到木板上坐定,就帮他荡起来。他身穿一套有宽宽的金色绦带、用厚呢子制作的新制服,坐着一动也不动,两手紧紧抓住绳子。

"您把领口解开吧。"我对他说。

"不要紧,先生,我们习惯了,先生。"他说道,咳了一声。

他酷似自己的姐姐，一双眼睛尤其相像。为他效劳我感到舒心，与此同时揪心的忧伤却在暗暗啃啮我的心。"如今我真的成了一个小孩了，"我想着，"而昨天……"我想起了昨天夜间我失落小刀的地方，找到了它。军官学校学生向我要去小刀，摘了一根圆叶当归的粗茎，把它削成一根吹管，吹了起来，奥赛罗也吹了起来。

然而晚上，正是这个奥赛罗，当季娜伊达在花园的一角找到他，问他为什么那么伤心时，他在她手上哭得有多厉害。我泪如泉涌，使她大吃一惊。

"您怎么啦？怎么啦，伏洛佳？"她接连说道，当看到我一句话也不答，止不住地哭泣时，她曾想来亲吻我湿润的面颊。

然而我转过了身子，透过哭声轻轻地说道：

"我全知道了，您干吗玩弄我？您需要我的

爱情干什么?"

"我对不起您,伏洛佳……"季娜伊达说,
"唉,我的过错太大了……"她用力握紧了双手。
"我心里有多少不道德、阴暗和罪过的东西……
不过现在我不是在玩弄您,我爱您——您竟然不
怀疑为什么和怎么样……可是您究竟知道了什
么事?"

我能告诉她什么事呢?她站在我面前,望着
我——而我,从头到脚整个人都属于她,只要她
望着我……一刻钟以后,我、军官学校学生和季
娜伊达已经在你追我赶地奔跑嬉戏了。我没有
哭,我在笑。虽然肿胀的眼皮底下笑得挤出了眼
泪。我的颈上系着季娜伊达的带子,我把它当成
领带,抓住她的腰肢时我高兴得大叫起来。她和
我做了她愿意做的一切。

十九

假如有人一定要我详细讲述，那次失败的探险以来一个星期内我的情况，我会十分难堪。这是一段奇怪的、躁动不安的时间，是一种混乱不堪的状态，在这种状态下各种截然相反的感情、思绪、怀疑、寂寥、欢乐和痛苦，似旋风一般转个不停。如果一个十六岁的男孩已经能够反省自己的话，我却不敢，我不敢了解任何事情。我只是匆匆地度完傍晚前的白昼，而夜间我便进入梦乡……孩子般的缺乏深思熟虑的习性此时对我大有裨益。我不想知道别人是否爱我，也不愿意向自己承认别人不爱我——对父亲我避而不见，但是对季娜伊达我却无法回避……在她面前我如火烧一般难受……然而这团使我燃烧、使我融化的火究竟是什么东西？我有什么必要去了解呢？能甜甜美美地燃烧、融化，对我来说是一种幸运。我沉浸在这些感受之中，自己对自己耍滑头，避开一切回忆，对预感到今后要发生的事闭眼不看……这种醉生梦死的状态大概不会延续多久……雷鸣电击般的打击一下子会中止这一切，并将我抛入一条新的轨道。

一次在午前经过相当长时间的散步回到家的时候，我惊奇地发现我将一个人用餐。父亲出门去了，母亲身体不适，不想吃，把自己关在了卧室里。从仆人们的表情里，我猜测发生了什么不寻常的事……向他们去打听我又不敢，不过我有一个朋友——掌管伙食的年轻人费利浦，他对诗歌喜欢得不得了，又是个吉他手。我去找他，从他那里得知父亲和母亲大吵了一场。（在女仆房里每句话都听得一清二楚，许多话都是用法语讲的，而女仆玛莎在巴黎来的女裁缝那里住了五年，所以都听得懂。）母亲责备父亲行为不端，责备他去结交邻家的小姐，父亲起先为自己辩白，后来气急了，反过来说了一句很伤人的话，"好像是关于她的年纪"，为此母亲哭了起来。母亲还提了存款单的事，似乎是给公爵老夫人的，而且对她评价极差，对小姐也一样，于是父亲向她发出了威胁。

"由于一封匿名信，"费利浦接着说，"不幸的事都发生啦，可是谁写的，却不知道。要不这些事怎么会败露呢？什么原因也没有。"

"难道真的发生过什么事？"我吃力地说，与此同时我的手脚变得冰凉，胸口深处有什么东西开始发抖。

费利浦意味深长地眨了眨眼。

"发生过，这样的事是包不住的。虽然您爸爸已经够小心，但是他应当，比如说，雇一辆马车，或者在哪里……没有人帮助也是不行的。"

我打发了费利浦，便倒在了床上。我没有大哭一场，也没有陷入绝望，我没有问自己这一切是在什么时候，又是如何发生的。我不感到奇怪，怎么以前就猜不出来呢——我甚至没有怨我父亲……对于我知道的那件事，我是无能为力的，这突如其来的新发现将我摧毁了……一切都结束了。我所有的花朵被一下子拔了起来，被撒得满地，备受践踏蹂躏，狼藉在我的四周。

二十

第二天母亲扬言要回城去。早晨父亲走进她的卧室，和她单独坐了很久。谁也没有听见他对她说了些什么，不过母亲已经不再哭泣，她平静下来，已要求进食，但是不露面，也不改变自己的决定。我记得我徘徊了一整天，不过没有跨进过花园里一步，也没有向偏屋里望过一眼。可是到晚上，我目击了一个惊人的场面——我父亲挽着马列夫斯基伯爵的手出来，带他经过大厅，来到前厅，当着仆人的面冷冰冰地对他说："几天以前有人向大人指点一间屋子的一扇门，现在我不打算和您一起进去解释，但是我有幸告诉您，如果您再光临寒舍的话，我就要将您从窗口扔出去。我不喜欢您的笔迹。"伯爵弯着腰，咬着牙，蜷缩着身子消失了。

开始收拾行李准备搬回城去，在阿尔巴特街那里，我们有一幢房子。想必父亲自己也不愿意再在别墅待下去，但是他显然已经恳求过母亲不要再闹事。一切进行得静静悄悄，不慌不忙，母亲甚至吩咐人去向公爵夫人致意，并表示遗憾，由于身体不适不能在行前到她家拜望。我游来荡去像个呆子一样，心里只希望这一切尽快了结，脑子里有一个念头总是摆脱不了：她这样一位妙龄少女，而且终究还是一位公爵小姐，怎么会下决心走这一步？她明知我父亲是有家室牵累的人，而且明知自己有可能嫁给……比如说，别洛符索罗夫吧。她到底指望什么？她怎么不怕断送自己的前程？对了，我心里想，这就是爱情，这就是情欲，这就是忠贞不渝……于是我想起卢申说过的话：甜甜蜜蜜地为别人牺牲自己。有一次，我有机会看见偏屋一扇窗户里的白糊糊的影子。"难道是季娜伊达的倩影？"我想。一点不假，是她的面容。我忍不住了。我不能不对她最后说一声别了就与她分手。我找到了一个方便的时刻，便往偏屋里走去。

在客厅里，公爵夫人见到我时还是像她惯常那样不拘礼仪，随随便便地打招呼。

"什么事啊，老弟，这么早就惊动您啦？"她一面把鼻烟塞到两个鼻孔里，一面说。

看了看她，我心便宽了下来。费利浦说过的"存款单"这三个字曾经使我很难受。她什么也没有怀疑……至少我是这样感觉的。季娜伊达从隔壁房间里出来，她身穿一件黑连衣裙，脸色苍白，披散着头发。她无声地拉起我的手，带我跟她走。

　　"我听见了您的声音，"她开始说，"马上就出来了。您就这么轻轻松松地撇下我们走了，狠心的孩子？"

　　"我是来向您辞行的，公爵小姐。"我回答说，"看来再也见不到您了。也许您已经听说我们要走了。"

　　季娜伊达专注地看了我一会儿。

　　"是的，我听说了。感谢您来看我。我已经想过见不到您了，请别在回想起我来的时候把我想得那么坏。有时我是折磨过您，但是我毕竟没有您想象的那么坏。"

她转过身去，靠在窗户上。

"是的，我不是那样的。我知道您对我的看法不好。"

"我?"

"是的，您……您。"

"我?"我再次伤心地说，我的心依然在一种不可抗拒、难以言状的力量的驱使下颤动起来，"我?季娜伊达·亚历山大罗芙娜，请相信，不管您做了什么事，不管您曾经怎么折磨我，我将爱您，崇拜您，直至我生命的终结。"

她迅速转过来，张大她的两臂，抱住我的头部，紧紧地、热烈地吻了我。天知道谁曾经是这长久的、诀别的亲吻所寻觅的对象，然而我却贪婪地品味着它的快意与甜蜜。我知道这样的吻再也不会有第二次了。

"别了，别了！"我连连说。

她挣脱开去，走了。我也离别而去。我无法形容我离去时所怀的情感。我大概不会期望这种情感会在今后再现，但是如果我从来没有领略过这种情感，我恐怕会认为自己是个不幸的人。

我们迁回了城里。我未能很快摆脱已经过去的那件事情，也不能很快着手要做的实事。我的创伤开始慢慢愈合。不过说实在的，我丝毫没有怨恨父亲的感情。相反，在我眼里，他似乎变得更高大了……这种矛盾现象只能让心理学家随他们所了解的情况去解释了。一次，我在林荫路上散步，碰见了卢申，这使我说不出地高兴。我喜欢他直率、不伪善的性格，而且就他在我心里唤起的记忆而言，他对我是很珍贵的。我向他扑了过去。

"啊哈！"他说着皱起了眉头，"原来是您，年轻人！让我瞧瞧。您脸色还有点黄，不过看上去已经没有当初那种糟糕样子了。看起来像个人了，不像一条家养的小狗啦。这就好。嗯，您怎么样？在干什么事吧？"

我叹了口气。我不愿意说谎话，却又不好意思说实话。

"好了，没关系，"卢申接着说，"别害怕。重要的是要正常地生活，不沉溺于卿卿我我。否则有什么好处？不管波浪把你打到什么地方，都不会有好结果。人即使站在石头上，也还是要用自己的脚站着。我还老咳嗽……哦，别洛符索罗夫——您听到过他的消息吗？"

"怎么回事？没听说过。"

"他音讯全无，看不见了。听说去高加索了。这对您是个教训，年轻人。问题的本质全在于人们不善于及时挥手作别，将网撕破。看来您已经顺利跳了出来。注意，可别再掉进去。再见吧。"

"我不会再掉进去……"我想，"我再也见不着她了。"然而我注定要再一次见到季娜伊达。

二十一

我父亲每天要骑马外出。他有一匹了不起的掺有杂色的红棕色英国马，细细长长的脖子，长长的四条腿，不知疲倦，性子暴烈。这马叫艾列克特里克，除了父亲谁也甭想骑上去。有一次他向我走来，心情正好，这种情况好久没有过了。他打算出门去，连马刺也戴上了。我请求他带我一起走。

"咱们还是玩跳背游戏吧，"父亲回答说，"否则你那匹矮脚马怎么赶得上呢？"

"赶得上，我也戴上了马刺。"

"那好，走吧。"

我们出发了。我骑的是匹公马，毛色乌黑，鬃毛修长，腿力强劲，跑得相当快。当然，如果艾列克特里克全速奔跑，它要拼命跑才能跟上，可是我毕竟没有落后。我没有见过像我父亲那样的骑手，他骑在马上是那样英俊，潇洒自如，似乎连他的坐骑也感觉到了这一点，并为他而扬扬自得。我们走过了所有的林荫路，到了处女原，跃过了几道栅栏（起先我不敢跳，但是父亲看不起胆小的人，所以我就不再害怕了）。我们跨越了两次莫斯科河，所以我已经在想，我们正在走回家去，而父亲也发现我的马累了，不料他离开我，拐到了与克里木浅滩相反的方向，沿河径直纵马而去。我紧紧跟上。赶到堆放得高高的一堆旧原木前面时，他轻快地从艾列克特里克背上跳下，吩咐我也下马，然后把缰绳交给我，要我在这堆原木边等他一会儿，他自己则拐进了一条小胡同，不见了。我开始在河岸上来回踱步，手里牵着马。艾列克特里克一面走着，一面不时将脑袋摇来晃去，有时浑身哆嗦着，打着响鼻，发出嘶叫，到我停下不走时它又用蹄子轮流刨着土，尖叫着去咬我那匹马的脖子。总而言之，它的行动活像一匹娇惯了的纯种马。父亲没有回来。从河上飘来令人不快的湿气，一阵小雨悄悄袭来，给踯躅徘徊的我身旁那堆使我极其厌恶的灰暗原木染上小小的深色斑点。寂寞愁苦的情绪袭上我的心头，而父亲还没有回来。一个芬兰人岗警，头戴一顶像瓦罐一般硕大的旧制高筒帽，手持一柄长钺，向我走近前来。（其实，在莫斯科河上要岗警干吗！）他那张老太婆般皱皱巴巴的脸向着我，对我说："少爷，您在这儿牵着马干什么？让我来牵吧。"

我没有理睬他。他向我讨烟抽，为了摆脱开

他的纠缠（而且不耐烦的心情正在折磨我），我向父亲离开的方向走了几步，接着走完整条胡同，直到转过拐角才停了下来。在离我约四十步的地方，一幢小木屋敞开的窗前，父亲背朝我站在那里。小木屋里坐着一位身穿深色衣服的妇女，虽然她的一半身体被窗帘遮住了，但还是可以看出，这个女人就是季娜伊达，她正和父亲交谈。

我呆住了。老实说这一着我怎么也没有料到。我的第一个行动就是逃跑。"要是父亲回过头来，"我想道，"我就完了……"然而一种奇怪的感情，比好奇心更为强烈的感情，甚至比醋意更为强烈，比恐惧更为强烈的感情，使我停了下来。我开始窥测他们的动静，谛听他们的话语。父亲似乎对某件事坚持不肯改变，季娜伊达则表示反对。我发现她的脸是凄楚、严肃、美丽的，含有难以言传的忠贞、忧郁、爱恋和某种绝望的表情——我举不出别的词汇来。她说的话都是单个的词，也不抬起眼皮来，只是挂着一丝笑容——恭顺而固执。光凭这一丝笑容，我便能认出我昔日的季娜伊达来。父亲耸耸肩，整整头上的帽子——这是他一向表示不耐烦的标志……接着我听到这样一句话："您应当和这……分手。"季娜伊达挺直身子，伸出手去……突然我眼前发生了一件令人难以置信的事：父亲猛地举起掸礼服用的鞭子，接着我便听到在裸露的手臂上啪地猛抽一下的声音。我好不容易忍住没有喊出声来。季娜伊达则抖了一下，默默地看了看父亲，缓缓地将手举到自己唇边，亲了亲手臂上开始变红的伤痕。父亲将鞭子丢在一边，急匆匆地跑上门廊的台阶，冲进屋去……季娜伊达回过身去，伸出双手，把头向后一仰，也离开了窗口。

惊愕之下，我呆住了。我心里怀着莫名的惊恐，开始向后跑，跑完整条胡同后，差点儿放过艾列克特里克，我才回到了河边。我什么也猜测不出来。我知道我这位冷静而善于克制的父亲有时会突然爆发出某种疯狂的情绪，但是我仍然怎么也搞不清楚，我所见到的究竟是怎么回事……不过我当时就感觉到，不论我能活多久，要我忘却季娜伊达的这个动作，还有她的目光、笑容，是永远也做不到的。她的形象，这个新的、突然出现在我面前的形象，永远地印在了我的记忆里。我茫然地望着河水，不知不觉地淌下了泪水。"她在挨打。"我想着，"挨打……挨打……"

"喂，你怎么啦，把马给我！"响起了我父亲的声音。

我木然地将马缰交给他。他跳上艾列克特里克的脊背……受惊的马前蹄凌空而立，向前一纵跳出一丈半远……但是父亲很快就制服了它，他用马刺刺了刺它的两胁，又用拳头打了一下它的颈部……"唉鞭子没有了！"他说道。

我想起了那根鞭子刚才发出的呼啸声，身子不由一颤。

"你把鞭子放哪儿啦？"过了不久我问父亲。

父亲没有搭理我，顾自往前奔去，我赶上了他。我想我非要见到他的脸部不可。

"我不在你感到冷清吗？"他从牙缝里挤出话来。

"有点儿。你把鞭子掉哪儿啦？"我又问他。

父亲迅速瞥了我一眼。

"我把它扔了。"他说。

他沉思起来，低下了头……这时我才第一次，也几乎是最后一次见他那严峻的面容竟能表现出几多温情和惋惜。

他纵马而去，而且我已追赶不上。我比他晚一刻钟回到家。

"这就叫爱情！"夜间我坐在书桌前又对自己说，这时书桌上已经开始有练习本和书籍，"这就叫情欲！……按理说怎么能不发火呢？不管挨了谁的打，怎么受得了呢……何况是挨了最亲爱的人的打！不过看起来，如果你爱上了他，是能够忍受的……而我呢……我想象……"

最近一个月我老了许多，我心里另有一种难以揣测、使我惶惶不安和无以名状的情绪。这种情绪仿佛一张美丽而威严的面孔，你在半暗不明中竭力想看清它，却做不到……我觉得在这样一种情绪面前，我的爱情，曾使我满怀激情和痛苦的爱情，似乎都不过是一种渺小、幼稚和不足挂齿的东西……就在这天夜里，我做了一个奇怪而可怕的梦。我梦见自己向一个低矮、昏暗的房间里走去……父亲手执鞭子站着，跺着双脚，季娜伊达蜷缩在角落里。不是她手臂上，而是在她额头，有一条殷红的鞭痕……在他们俩的后面，浑身鲜血淋漓的别洛符索罗夫正在站起来，张开毫无血色的嘴唇，怒不可遏地向父亲发出威胁。

两个月后，我进了大学，半年以后，我父亲在带我和母亲迁居彼得堡以后不久，就在那里与世长辞（由于中风）。死前几天，他收到一封莫斯科的来信，这封信使他激动不已……他曾到母亲那里求她一件事，据说他——我的父亲居然怆然涕下！就在他中风的那天早上，他曾提笔给我写了一封法文信。"我的儿子，"他写道，"你应当惧怕女人的爱情，惧怕这样的幸福，这样有毒的东西……"他死后，母亲往莫斯科寄去了相当可观的一笔钱。

二十二

　　过了大约四年。我刚大学毕业，还不太清楚自己该从何处起步，走向社会，只能暂时赋闲在家。一天晚上，我在剧院里与马伊达诺夫不期而遇。他已经结婚并且在供职谋生，但是我看不出他有什么变化。他依然会无缘无故地激动兴奋，依然会突如其来地垂头丧气。

　　"您知道吗？"他对我说，"顺便告诉您，多尔斯基夫人在这里。"

　　"哪位多尔斯基夫人？"

　　"您怎么忘了？以前的查谢金娜公爵小姐，我们大家都曾爱上了她，您也一样。记得吗，在别墅，无愁园附近？"

　　"她嫁给多尔斯基啦？"

　　"不错。"

　　"那么，她在这儿，剧院里？"

"不，在彼得堡，这几天她来到这里，准备出国。"

"她丈夫是何许样人？"我问。

"一个挺不错的年轻人，有财产，是我在莫斯科时的同事。您知道，出了那件事以后……想必这件事您该是知道得一清二楚的……"马伊达诺夫意味深长地莞尔一笑，"她要给自己找个对象还不容易……凭她的机智什么事都是可能做到的。去看看她，她见着您会很高兴的。她变得更漂亮了。"

马伊达诺夫给了我季娜伊达的地址——台姆特饭店。对旧事的回忆在我心里蠕动起来……我向自己许愿，明天就去拜访我昔日的"情人"，然而偏巧遇上一些别的事情无法分身。过了一个星期，又过了一个星期，当我终于去往台姆特饭店询问多尔斯基夫人时，方才得知，四天以前她因难产猝然而逝了。

　　我心里仿佛被什么东西推了一把。我想到我本来是能见到她的，却没有见到她，而且永远也见不到她了——这个痛苦的念头与强烈的、无可抗辩的自责心情，进入了我的脑海。"她死了！"我木然地望着看门人重复说，于是静静地走到了街上，漫无目的地走了。全部往事一下子浮上脑际，出现在我面前。这个年轻、热烈、灿烂的生命原来就这样地结束了，她急急匆匆、激动不安地向往追求的原来是这样一个目标！我思索着这个问题，想象着那副亲切的面容，那双明眸，那头鬈发——就在一个拥挤的箱子里，在潮湿的地下，就在离苟活着的我不远的地方，也许就离我父亲几步之遥……我努力调动自己的想象力，一直这么想着，想着：

我从无动于衷的嘴里听到死讯，

我无动于衷地将它倾听——

　　我心里响起这两行诗句。哦，青春啊！青
春！什么事都和你毫不相干，你似乎拥有宇宙间
一切宝藏，连忧愁对你也是慰藉，哀伤于你也恰
到好处，你自信自负，目空一切，你说："只有我
一个能活下去——走着瞧！"而在你自己身边，
岁月却在流逝，在无影无踪、难以胜数地消失，
而且你心中的一切都在消失，犹如阳光下的蜡
块，犹如积雪……或许你魅力的全部奥秘不在于
有可能做到一切，而在于有可能认为你做得到一
切，恰恰在于你趁势释放了你不会用于做任何别
的事情的力量，在于我们每个人都认真地认为自
己是个浪费时间的人，都认真地认为他有权说：
"哦，假如我不白白地失去时间，我会做出什么

样的事来!"

当我只用叹息,只用心酸的感受刚刚送走昙花一现的我的初恋的幻影时,这就是我……我所寄予的希望,就是我的期待,就是我所预见的丰富多彩的前景?

而我的全部希望里又有什么已经实现了呢?如今,当我的生命已经开始蒙上黄昏的阴影时,除了对于那转瞬即逝的早晨的春雷的回忆,我还剩下什么比这更清新、更珍贵的东西呢?

然而我自诮自谤是没有用的。即使在当时,在那轻浮的年轻时代,对于呼唤我的凄凉的声音,对于从坟墓那一边传到我耳际的庄严的声音,我没有置若罔闻。记得在获悉季娜伊达死讯那天后又过了几天,出于我自己那不可抗拒的强烈愿望,我到场替一个和我住在同一幢房屋里的贫苦老人送了终。她盖着破衣烂衫,躺在硬板上，头底下枕着一只袋子，艰难、沉重地离开了人间。她在与每日每时的贫困的痛苦所做的斗争中度过了一生。她没有看见过欢乐，也没有品尝过甜蜜的幸福——按理说，她怎么能不为死亡，为自由，为安宁而高兴呢！然而只要她那奄奄一息的躯体还在挣扎，只要她的胸脯还在搁在上面的那只冰凉的手下面起伏，只要她还没有失去最后一丝力气，老妇人还在画十字，还在轻声喃喃而语："上帝，请宽恕我的罪过吧。"只有当意识闪过最后一道火花的时候，对死亡惊恐与惧怕的表情才从她眼里消失。我记得，当我站在这个干瘦、可怜的老妇人身边时，我开始为季娜伊达感到害怕，我开始想为她，为父亲——也为自己祈祷。

阿霞

一

　　那时候我二十五岁光景（H.H.开始叙述），你们都知道，那是早已过去许多年的事了。我刚挣脱家里的束缚，就去国离乡到了海外。这倒不是像当时流行的说法那样，为了"修完我的学业"，我不过潜意识里想看看人间世界。我身健体壮，正当年少，愉快潇洒，也不缺钱少用，而且没什么需要操心的事。我毫无后顾之忧，想干什么就干什么，总而言之，正在兴旺时期。我当时压根儿想都没有想过，人不同于植物，是不可能青春永驻、长荣不衰的。青春年华正在品尝镀金的蜜饼，还以为这本是天经地义、必不可少的东西。然而终于会有一天你要为一块小小的面包而苦苦奔波乞求。不过说这些干吗呢？没有必要。

我漫游四方，毫无目的，也无计划。只要喜欢，我就会随处驻足，小作逗留，一旦我觉得想要见识见识新的面孔——就是人，我就立刻启程赶路。唯有人才使人感兴趣。我讨厌那些令人好奇的文物古迹、精致美妙的收藏品。旅途中雇来的导游总是那副千人一面的神气，使我孤寂无聊，引起我的反感。德累斯顿的"格留恩·盖奥尔贝"[1]几乎使我精神失常。大自然尽管对我产生

---

1 系德文 Grun Gewölbe 的俄文音译，意为"绿色拱廊"。德累斯顿历史上曾为萨克森王国首都，此指王室城堡内一套珠宝制品的名称。

巨大影响，但是我不喜欢所谓的湖光山色、奇峰异岭、悬崖峭壁和急流飞瀑，更不愿意让观赏自然风光成为累赘，妨碍我的自由。不过面孔，活泼生动的人的面孔——人们的音容笑貌、言谈举止，这才是我须臾不可或缺的东西。在稠人广众之中我总是觉得轻松愉快，别人往哪儿走，我也跟着去，别人高声大叫，我也跟着喊，这样我才高兴。同时我还喜欢看别人叫喊的样子。观察别人使我感到其乐无穷……其实我简直不是在观察，而是怀着欢欣万分和不知餍足的好奇心在仔细地审视。看我又扯得离题了。

就这样，大约二十年前，我在莱茵河左岸的一座德国小城 3 城住过一段时间。我正要找个地方清净清净：我刚被一个在矿泉区认识的年轻寡妇刺伤了心。她十分漂亮，绝顶聪明，逢人就卖弄风情，对我这个孽种也不例外。起初她甚至使我信心十足，后来却残忍地伤害了我，撇下我去跟一个面色绯红的巴伐利亚中尉相好。不过话要说回来，我心头的伤痕并不太深。但是我觉得有必要让自己有段时间沉浸在忧伤和孤寂之中——对年轻人来说什么事不能消愁解闷呢！就这样，我在 3 城住了下来。

我喜欢上了这座小城，因为它坐落在两座高高的小山脚下，有颓败的城墙和钟楼，还有几百年的椴树、一座跨在莱茵河清澈支流上的陡桥，主要还因为此地有一种上好的葡萄酒。傍晚，当太阳一下山（故事发生在六月），便有容貌姣好、头发浅淡的德国女子沿窄小的街道信步溜达，遇见外国人就用动听的嗓音说上一句："Guten Abend!" [1] 其中有些人甚至到月亮在古老房舍尖

---

1 德文，意为"晚上好！"。

尖的屋顶后面升起,铺砌街面的小石块在静止的月光下历历可数的时候,还迟迟不肯离去。这种时候,我爱在城里溜达。月亮仿佛从明净的天空凝视着小城,而小城也仿佛感觉到了这月光,显出心领神会、宁谧安详的样子,让自己沐浴在宁静平和又叫人心里暗暗激动的月光里。高高的哥特式钟楼顶上的金鸡雕塑闪耀出淡淡的金光,河里黑黢黢的水流也泛起同样金闪闪的粼粼波光。石板屋顶下一个个窄小的窗户里昏暗地点燃着细细的蜡烛。(德国人是精于持家的!)葡萄藤从石头围墙后面神秘地伸出卷曲的蔓须。三角形空地上一口老式井台边的阴影里有东西一掠而过,蓦然间巡夜的更夫吹起一声睡意蒙眬的口哨。温顺的狗发出低声的抱怨,空气不停地抚摸着人的面孔,椴树散发出强烈的香味,使人不由自主一阵深似一阵地呼吸，于是一声"葛丽卿"[1]——既不像赞叹，又不像发问——就脱口而出了。

3 城距莱茵河两俄里[2]地。我常去观赏这条气势不凡的河流，坐在一棵孤零零的大榉树下的一张石椅上，对那个狡猾的寡妇想入非非，不免心潮起伏。透过榉树的枝叶，显现出一尊小小的圣母雕像，圣母的脸面几乎是孩童般的，胸口有一颗被几把剑刺穿的红心。河对岸有一座城市Л，比我所居住的城市略大一点。有一天晚上，我坐在心爱的椅子上，时而看着河水，时而仰望天空，时而眺望葡萄园。我的面前，搁着一条拖上岸的小船，上了油的船肚子向天翻着，一群浅色头发的男孩攀住了船的两边在向上爬。河里的船只张着微鼓的风帆静静地驶去，碧绿的水浪轻

---

1 歌德的悲剧《浮士德》中与浮士德相爱的女人。
2 1俄里约合1.07千米。

轻地掀动，呜咽着从船边滑过。突然，一阵音乐声传到我的耳际，我便侧耳谛听起来。Л城里正在演奏华尔兹舞曲，大提琴时断时续地响着，小提琴隐隐约约，其声幽咽，长笛吹得正欢。

"这是在干什么？"我问一位走过来的老人，他身穿一件波里斯绒布背心，脚着一双蓝色长筒袜和带环扣的低帮鞋。

"这呀，"他在回答我之前先将烟斗的咬嘴从一边的嘴角换到另一边，"是 Б 城的大学生来我们这儿参加可梅尔施[1]。"

"那我倒不妨去见识见识这个可梅尔施，"我思忖着，"再说我还没到过 Л 城呢。"我找来摆渡的船夫，便动身去对岸。

---

1 原文为德文 Kommers 的俄语音译，系学生团体的酒会。

二

　　也许不是随便哪个人都知道可梅尔施是怎么个样子。这是同一乡里或团体的大学生团聚的一种别具一格的隆重酒会。几乎所有参加酒会的人都穿着早已约定俗成的德国学生装：匈牙利骠骑兵制服、大靴子和带有一定颜色帽圈的小帽子。通常在正餐开始前，学生们在一位先生，即会长的主持下会集起来，宴饮达旦，又喝又唱，唱《国民之父》，唱《让我们乐吧》，抽烟，咒骂凡夫俗子。有时他们还雇佣乐队。

　　在 Ⅱ 城一家挂有太阳招牌的不太大的旅馆前面，一座园门向街的花园里，举行的正是这样一场酒会。旅馆和花园的上方飘扬着旗帜，大学生们在一棵棵修剪过的椴树下傍桌而坐，一张桌子下面躺着一条大巴儿狗。旁边，一座爬满常青藤的亭子里，乐师们在卖力地奏乐，不时喝几口啤酒提提神。街上，花园矮墙的前面会聚了许许多多人，Л城善良的市民们不愿意错过一睹外乡来客的机会。我也混进了看热闹的人群，望着这些大学生的面容我感到高兴。他们的拥抱与欢呼，年轻人纯真无邪的亲昵，热情的目光，无端的笑声（人世间最美好的笑声），所有这一切年轻、新鲜、其乐融融的欢腾场面，这一往无前的激情（不问前方何处，只求奋勇向前），这温厚善良的潇洒风度，使我深受感动，激得我心里痒痒的。"我是否也加入他们中间去？"我对自己说……

"阿霞，你看够了吗？"突然，我背后传来一个男子用俄语说话的声音。

"再等一会儿。"另一个声音，一个女子用同一种语言回答说。

我迅速回过头去……我的目光落在一个漂亮

的年轻人身上，他戴一顶鸭舌帽，穿一件宽松的短上衣，一手挽着一个个头不高的少女。那少女戴一顶宽檐草帽，脸面的上半部叫帽檐给遮了。

"你们是俄国人？"我情不自禁地脱口问道。

年轻男子莞尔一笑，说道："不错，是俄国人。"

"我怎么也没有想到……在这么偏僻的地方。"我刚开始说。

"我们也没有想到。"他打断我的话，"那有什么关系？不是更好吗？请允许我自我介绍，我叫加京，这位是我的……"他犹豫了一下，说："我的妹妹。请问您的大名？"

我报了自己的名字，我们便聊了起来。我得知加京也和我一样，为了消遣而出来旅行，一个星期前来到 Л 城，就耽搁下来了。说实话，我可不喜欢在国外结交俄国人。根据他们走路的样子、衣服的式样，主要还是根据他们的脸部表情，即使老远我也能一眼认出他们。他们那种自满自得、傲视一切、经常颐指气使的神情突然之间会换成一副谨慎胆怯的表情……一个人一眨眼就浑身警觉起来，眼睛惶惑不安地扫来扫去……"天哪！我可别说错了什么，他们该不是在嘲笑我吧？"这匆匆扫过的目光仿佛在这样说……过了一袋烟的工夫，又恢复了那副不可一世的嘴脸，有时又换成一副迟钝困惑的样子。所以我避免和俄国人打交道，然而加京却让我一见倾心。世界上有这样一些幸福的笑容，谁见了都乐意，这些面容仿佛给你以温暖，给你以爱抚。加京所具有的正是这样的一副面容，亲切、和蔼，长着一对温和的大眼睛，一头柔和的鬈发。他一张口说话，即使不看见他的脸部，单凭那嗓音也会感觉到他在微笑。

被他称为自己妹妹的少女，我一眼看去就觉得非常漂亮。她那张略显黝黑的圆脸，长着细巧的鼻子，还有几乎稚气未脱的面颊、一双水灵灵的黑眼睛。那张脸的气质里蕴藏着某种她自己特有的东西。她体态优雅，但似乎尚未充分发育。她长得一点不像她的哥哥。

"您愿意顺便去我们住的地方吗？"加京对我说，"我觉得德国人咱们已经看够了。要是换上咱们的人哪，恐怕玻璃也给打破了，椅子也给折断了，可这些人啊，实在太文气了。你看怎么样，阿霞，咱们回家好吗？"

少女肯定地点了点头。

"我们住在城外，"加京继续说，"葡萄园里，一幢孤零零的小屋子里，在山上。我们那儿美极了，去看看吧。房东太太答应给我们做酸奶。现在眼看天要黑下来，您可以乘着月色去渡莱茵河。"

我们就这样出发了。经过低矮的城门（小城四周是卵石铺砌的古老城墙，女墙上的射孔尚没有完全崩塌），便来到城外的田野。沿一道石砌围墙走过一百来步，我们就在一扇窄窄的篱门跟前停住了脚步。加京打开篱门，领我们沿一条陡峻的小道走上山去。路的两旁，一层层台地上长着葡萄。太阳刚下山，淡淡的红光还残留在绿色的藤蔓上，高高的支架上，铺满大大小小石板的土地上，小屋的白墙上。这幢有黑色斜梁和四扇明亮小窗的小屋，就坐落在我们攀登的这座小山的巅顶。

　　"这就是我们的住处！"我们刚走到小屋跟前，加京就大声说，"看，房东太太拿牛奶来了。Guten Abend, Madame![1]咱们马上开饭。"他补

1　德文，意为"太太，晚上好！"。

充说："不过，您先四面看看……景色怎么样？"

景色确实美极了。莱茵河横在我们面前，夹在翠绿的两岸之间，浑身披满银鳞，河上有一处铺着一道残阳，殷红如火，金光闪闪。傍岸而筑的小城将自己的屋宇和街道和盘托出，山峦和田野连绵不绝，美不胜收。山下固然美景如画，山上则更见佳妙，尤其叫我惊异的是天空竟那么清洁明净、深邃无底，空气也竟那么闪闪有光、清澈透明。新鲜、清新的空气在静静地轻摇慢曳，荡起阵阵波浪，似乎它也觉得在高空更加逍遥自在。

"你们拣了个好住所。"我说。

"是阿霞找到的。"加京回答说。"来，阿霞，"他继续说，"你来吩咐吧。让他们把饭菜都端到这儿来，晚饭咱们露天吃，这里听音乐更清楚些。您有没有发现这一点？"他转过来向着我补充说："有时候华尔兹舞曲近听起来怎么也不对劲——声音既庸俗又粗鲁，可是远听起来好得出奇！所有富有浪漫色彩的琴弦就这样在您心里轻轻地颤动。"

阿霞（她的本名是安娜，但是既然加京叫她阿霞，那就请允许我也这样称呼她吧[1]）于是走进屋去，不久就和房东太太一起走了出来。她们俩一起抬着一个大托盘，上面有一罐牛奶、盘子、匙子、糖、果酱和面包。我们就了座，开始用餐。阿霞摘去了帽子，她那一头黑色的秀发修剪和梳理得像个男孩，大绺大绺的鬈发披到颈项和耳边。一开始见到我，她很腼腆，但是加京对她说："阿霞，够了，干吗缩头缩脑的！他不咬人。"

---

1 "阿霞"是俄文人名的昵称，其本名可有二十几个，其中之一是"安娜"。而"安娜"的缩写或昵称又多达二十几个，"阿霞"只是其中之一。而且作为"安娜"的昵称，其他形式如"安妮亚""安努什卡"之类更常见，故作者说"既然加京叫她阿霞"。

她露出了笑容，不久便主动和我说起话来。我从来没有见过比她更好动的人，一刻也不知安宁，老是站起来跑进屋去，又跑回来，轻声哼着歌曲，常常笑着，笑的样子又挺怪——她笑，似乎不是因为听到了什么话，而是因为钻进脑子里的各种念头。她那双大眼睛看人的时候直截了当、炯炯有神、毫无惧色，然而她的眼睑有时会轻轻地眯起来，这时目光会一下子变得既深邃又温柔。

　　我们闲谈了两个多小时。白昼早已消歇，就是傍晚也在悄悄地融化，起先晚霞似火，布满天空，继而晴空如洗，遍地红光，接着逐渐苍白暗淡，化为茫茫夜色。然而我们的闲聊依然在延续，犹如周围的空气一样平和、温馨。加京吩咐端上一瓶葡萄酒，我们悠闲自得地品味着。音乐依然飘入我们的耳际，令人更觉甜美、温柔。城里和河岸上都上了灯。阿霞突然低下头去，这样鬈发便垂下来遮住了她的双眼，她不再说话，叹了口气。后来她对我们说想睡觉，便进屋去了。可是我却看见她久久伫立在没有洞开的窗前，也没有点燃灯烛。终于一轮明月升空，开始将月华洒遍整条莱茵河。万物照亮了，变暗了，改变了，就是我们那有棱有角的玻璃杯里的酒也闪耀出神奇的光彩。风儿仿佛垂下了两翼，变小了，止息了。地面上散发出夜间芬芳馥郁的暖气。

"我该走了！"我大声说，"要不，怕找不到渡工了。"

"该走了。"加京也这样说。

我们沿小道下山去。忽然后面滚来几颗石子——是阿霞追赶我们来了。

"你怎么没有睡？"哥哥问她，她却一句也不搭理，从我们身旁跑了过去。

旅馆花园里，学生们点燃的最后几盏行将
燃尽的灯火从下面照亮了树叶，使这些树叶平添
了一种喜庆和奇幻的景象。我们在河边找到了阿
霞，她正在跟船夫交谈。我跳进小船，便和新结
识的朋友道别。加京答应明天去看我。我握过他
的手，又把手伸给阿霞，可是她只看了我一眼，
摇了摇头。小船离了岸，沿急湍的水流驶去。船
夫是个精神爽朗的老头，用力把桨划进漆黑的
河水。

"您驶进了月亮的光柱，您把它搅碎了！"阿
霞大声向我喊道。

我垂眼望去，小船四周荡漾着黑魆魆的
波浪。

"再见！"再一次传来她的声音。

"明天见！"加京接着说。

船靠岸了。我跨出小船，回头望了一眼，对

岸已不见一个人影。月亮的光柱依然如一座金桥，横跨整个河身。古老的拉奈尔华尔兹舞曲的音乐仿佛也涌来和我道别。加京的话没错——我觉得我的每一根心弦都已颤动起来，去应答这令人神往的乐音。我穿过夜幕下的田野往回走，舒缓地呼吸着芬芳的空气，回到房间里的时候浑身软绵绵的，在漫无目标、漫无止境的期待中，心里充满了陶然忘我的甜蜜。我感到幸福……然而我为什么是幸福的呢？我什么也不想要，我什么也没有想……我是幸福的。

由于过分愉悦、轻快的心情，我忍不住想笑，我一头钻进了被窝，刚要合眼，忽然脑海里闪出一个念头：整个晚上我竟然一次也没有去想念那位冷美人……"这说明了什么呢？"我扪心自问，"莫非我堕入了情网？"然而刚向自己提出这个问题，我似乎立刻进入了梦乡，就如婴儿在摇篮里一般。

三

翌日清晨（我早已醒来，但是尚未起身），我的窗下响起了手杖的橐橐声，同时传来了歌声，凭声音我听出是加京在唱：

> 你还睡着吗？我要用吉他
>
> 将你唤醒……[1]

我赶紧给他开了门。

"您好！"加京进来说，"我一大早来打搅您，可是您看看，早晨天气多么好。空气清新，露水满枝，云雀唱得正欢……"

---

1 引自普希金1830年的抒情诗《我在这里，依聂西里亚》。

看他那一头很有光泽的鬈发，不系领结的脖子，红润的双颊，他本人就像早晨一样新鲜。

我穿好衣服。我们走进小花园，在长凳上坐下，吩咐端来咖啡，便开始聊天。加京向我谈了他未来的计划：他有一份像样的产业，用不着依靠任何人，所以想献身绘画事业，只是觉得自己觉悟得太迟，许多时间白白浪费了。我也说了自己的打算，顺便也向他吐露了我那情场失意的隐秘。他体谅地听完我的叙述，但无论如何我发觉我激不起他对我的深切同情。出于礼貌，加京只附和地叹了一两口气，便建议我到他的寓所去看他的画稿。我当即同意了。

我们没有遇见阿霞。听房东太太说她到"废墟"去了。离 Л 城大约两里地，有一处封建时代的城堡遗址。加京向我展示了他的全部画稿。虽然这些画稿里蕴含着丰富的生活和真实，还有一种狂放、旷达的意境，却没有一幅是画完的，我觉得他画得随意，也不准确。我坦诚地向他谈了自己的看法。"是的，是的。"他叹了口气，接着我的话说，"您说得对，这些画画得不好，也不成熟。有什么办法呢！我没有像模像样地学过，而且让我那该死的任意放纵的斯拉夫脾气占了上风。在你想着干一番事业的时候，你会像鹰一样展翅奋飞，这时似乎大地也被你推动了。但一旦做起来，马上就虚弱无力，疲惫不堪了。"

我想给他鼓鼓气，可是他却挥了挥手，收起他的画稿，抱起来扔到了沙发上。

"只要有恒心，兴许我能干出点名堂来。"他从牙缝里挤出话来，"要是缺乏恒心，那我就只好仍旧做我的贵公子了。咱们找阿霞去吧。"

我们出发了。

四

通向废墟的道路，蜿蜒在一条多林的窄小谷地的斜坡上。谷地的底部奔流着一条溪涧，溪流飞溅着越过一块块岩石，仿佛急匆匆地要赶去和那条位于群峰壁立的山岭连成的幽暗屏障后面，悠闲地闪着光的大河汇合。加京要我留心观赏阳光下几处赏心悦目地方，听他说话的口气，我觉得他即使不是个风景画家，也有几分艺术家的气质。不久，一座废墟展现在眼前。光秃秃的山巅耸立着一座四角方方的塔楼，整个塔身已经发黑，还挺结实，不过已出现一条纵向的裂隙，犹如刀劈一般。布满苔痕的城墙与塔楼相衔接，有的地方爬满了常青藤，弯弯曲曲的小树从灰色的女墙和坍塌的拱顶上悬挂下来。石铺的小道直通残存的楼门。我们走到门前时，忽然前方闪过一个女人的身影，迅速跑过一堆废墟，来到悬崖上方的城墙斜坡上坐了下来。

"那不是阿霞吗?"加京大声说,"真是个疯姑娘!"

我们走进大门,来到一个小小的院落,野苹果树和荨麻几乎长满了半个院子。在颓垣残壁上坐着的正是阿霞。她向我们转过脸,笑了起来,不过坐在原地没有动。加京伸出一根手指头向她发出警告,我则大声责备她太冒险。

"得了,"加京小声对我说,"别逗她。您不了解她,说不定她还会往塔楼上爬呢。您不妨看看此地的老百姓多么会精打细算,那才叫人吃惊呢。"

我环视四周。墙角里,一个老婆婆栖身在一间小小的木板售货棚里编织长线袜,从眼镜框后面斜睨着我们。她向游客兜售啤酒、蜜糖饼干和矿泉水。我们在长凳上坐下,拿起沉重的锡杯,开始啜饮冰凉的啤酒。阿霞盘起双腿，头上包着块薄围巾，还是一动不动地坐着。明朗的天空清晰地映衬出她娇美的面影。我望了她一会儿，心里不免有些反感。昨天晚上我就发现她身上有种不太自然的东西……"她想叫我们惊奇。"我想，"干吗要这样？这种幼稚举动有什么意思？"她仿佛猜出了我的想法，突然向我投来一瞥洞察一切的目光，随即笑了起来，一下两下从城墙上跳了下来，走到老婆婆跟前向她要了杯水。

"你以为我想喝水？"她向着哥哥说，"不，城墙上有些花不浇水不行了。"

加京一句话也没有回答她。她手里拿着水杯，开始沿断壁攀缘，有时停下来，弯起腰，显出煞有介事的有趣样子洒下一点水，水珠在阳光下闪出耀眼的光芒。她的动作十分可爱，然而我依然对她感到懊丧，尽管对她的轻巧伶俐，我情不自禁地怀有一种激赏之心。在一个危险的地方，她故意大叫一声，接着一阵大笑……我心里更加懊丧了。

"简直像山羊在爬坡。"老婆婆的眼睛离开手头的长袜子，轻声自语说。

阿霞终于倒空了杯里的水，顽皮地摇晃着身子，回到我们身边。异样的笑容牵动了她的双眉、鼻孔和嘴唇，她眯起深色的两眼，露出半含轻慢、半含欢乐的神色。

"您觉得我的行为不大得体？"她的脸似乎在说，"反正我无所谓，我知道您看着我心里喜欢。"

"棒极了，阿霞，棒极了！"加京轻声说。

她似乎突然不好意思起来，低下了长长的睫毛，仿佛做错了事似的，在我们身边乖乖坐了下来。这时我才第一次看清楚她的面容，我见过的面容中，这张脸是最富变化的。稍过了一会儿，那张脸已全然变得苍白，现出了专心致志、几乎凄楚忧愁的表情。我觉得她的面孔变大了，变严厉了，变坦然了。她完全安静下来了。我们绕废墟走了一圈（阿霞跟在我们后面），欣赏着自然风光。这时已近午餐时分，加京向老婆婆付钱时又要了一杯啤酒，转过身向着我，调皮地做个鬼脸高声说道："为您心上的女人干杯！"

"难道他——难道您有这样一位女人吗？阿霞猝然问道。"

"谁没有心上人呢？"加京反问说。

阿霞一时出了神。她的面容又变了，现出了挑衅性的，近乎傲慢的冷笑。

回家路上她嬉笑、淘气得更凶了。她折下一根长长的树枝，像猎枪一样扛在肩上，用围巾包着头。这时迎面走来一大家子头发浅黄、态度拘谨的英国人，他们仿佛有人命令似的，带着冷淡惊诧的神色，睁着玻璃样的眼睛看着阿霞走过去。阿霞却仿佛有意对着干似的，一面走，一面大声唱起歌来。一回到家，她就走进自己的房间，直到吃饭的时候才露面。她穿上自己最好的一件连衣裙，梳理得端端正正，束着腰，戴上了手套。吃饭的时候她显得非常端庄、文静，几乎有点古板，稍稍尝了点菜，啜了几口高脚酒杯里的水。显然她想在我面前扮演一个新的角色——一位彬彬有礼、教养有素的小姐的角色。加京没有干预她，显而易见，他在各方面对她姑息纵容惯了。有时他只是善意地望望我，轻轻地耸动一下肩膀，似乎想对我说："她还是个孩子，您就对她宽容点吧。"刚吃完饭，阿霞就起身向我们行了个屈膝礼，戴上宽檐帽，问加京她可不可以去看看路易斯太太。

"你什么时候开始学会请示报告了？"他含着一成不变、这次却略显局促的微笑回答她，"难道和我们一起你觉得没意思？"

"不是的。不过昨天我答应路易斯太太去看她的，再说我觉得你们两人在一起更好些。H先生（她指了指我）还有话要对你说呢。"

她走了。

"路易斯太太，"加京竭力避开我的目光，开始说，"是本地前市长的遗孀，一位好心而浅薄的老太太，她深深地喜欢上了阿霞。阿霞渴望和地位低微的人结交，我发觉个中原因通常是出于自傲。您看得出来，我把她骄纵惯了。"他沉默了一会儿，又说道："可是您叫我怎么办呢？我对谁也不会苛求，更不用说对阿霞。我有责任对她宽宏大量。"

我没有说话。加京转换了话题。随着我对他

的了解越多，我越来越觉得他这个人可亲可近。过了不久我就对他完全了解了。他是个不折不扣的俄国人，正直、诚实、淳朴，可惜有点萎靡不振，缺乏执着的追求和内心的激情。在他身上，青春的活力没有如流水般奔腾泉涌，它只是静静地放射出光芒。他非常亲切可爱，也十分聪明，但是我无法想象他将来一旦长大成人会有什么结果。成为一个艺术家……没有艰苦不懈的劳动，不会有艺术家……然而劳动，望着他那瘦弱的身影，听着他慢条斯理的谈吐，我想：不！你不会去劳动，你的心坚定不起来。然而你不可能不喜欢他，你的心会紧紧地被他吸引住。我们两人一起度过了大约四个小时，有时坐在沙发里，有时在屋前徐徐踱步——这四个小时之内我们彻底地成了好朋友。

太阳已经下山，我该返回了。阿霞还没有

回来。

"看她在我面前主意有多大！"加京说，"您要我送送吗？我们顺路拐到路易斯太太那儿，问问阿霞在不，绕不了多少路。"

我们下山向城里走去，拐进一条狭小弯曲的街巷，在一幢两个窗户宽、四层楼高的房屋跟前停下来。二层楼挑出在街道上方，超过了第一层，第三层和第四层又比第二层挑出更多。整幢房子，连同它陈旧的雕饰、楼下两根粗廊柱、尖削的瓦屋顶和呈鸟喙形伸出的顶间的尖顶，看起来像一只硕大无朋、背部弓起的鸟。

"阿霞，"加京大声喊道，"你在这儿吗？"

三楼亮着灯的窗户砰地响了一声，打开了。我们看见了阿霞黑黑的头影。她的背后探出一张口中无牙、高度近视的德国老妇人的脸。

"我在这儿。"阿霞娇媚地将两肘支在窗台上说，"我在这儿挺高兴。给你，拿着。"她向加京抛下一根天竺葵的花枝，继续说："把我想象成你的心上人吧。"

路易斯太太笑了起来。

"H 要走了，"加京回答说，"他想和你告别。"

"是吗？"阿霞说，"既然这样，你把我的花给他，我这就来。"

她砰的一声关上了窗户，好像亲了亲路易斯太太。加京默默地伸手把花交给了我。我默默地把花放进口袋，走到渡口，渡到了对岸。

记得在返回的路上我什么也没有想，心头却感到异样沉重，犹如闻到一种强烈、熟悉而在德国难得遇到的气息，使我不胜惊讶。我停下脚步，看到路旁有一小块大麻地。它那草原的气息顿时使我想起了故乡，在我心里激起了炽烈的乡愁。我不由得想呼吸俄国的空气，在俄国的大地上行走。"我在这儿干什么？为什么我要在异国他乡，在异族人中间颠沛流离？"我大声喊道，于是我感到心头凝结的那种重压突然间化作了苦涩、强烈的激情。我回到寓所时心情和昨天夜晚截然不同。我感到自己几乎是怒气冲冲的，久久不能平静。一种连我自己也搞不清楚的懊丧情绪搅得我心烦意乱。最后我坐下来，想起了我那位阴险的小寡妇（我的每一天都以对这位女士礼仪式的回忆而告终），掏出了她的一张字条。然而我根本没有打开它，我的思绪马上又向别处想了。我开始想……想到了阿霞。我想到加京谈吐间向我暗示过他有某种难处，阻碍他返回俄国……"别想了，她是他妹妹吗？"我大声说。

我脱衣上床，努力使自己入睡。但是一个小时以后，我又在床上坐起，把一只胳膊肘支在枕头上，重又想起了这位"发出做作笑声的任性小姑娘"。"她风姿绰约,仿佛法尔内塞宫里拉斐尔的小伽拉忒亚[1]。"我轻声说,"不错,她不是他的妹妹……"

小寡妇的字条异常安详地躺在地上,在月光下呈现出雪白的颜色。

五

翌日早晨我出发去 Л 城。我说服自己此去是为了和加京见面,然而心里却渴望看看阿霞会怎么样,是否还是像昨晚那样怪里怪气。他们俩都在客厅里,真是怪事!不知是不是因为夜里我想俄国想多了,我觉得阿霞完完全全是个俄国姑娘,一个朴实无华的姑娘,简直像个女仆。她身穿一件旧连衣裙,头发梳到耳根后面,坐在窗前

1　指拉斐尔的名画《伽拉忒亚的胜利》。

一动也不动，绣着绷子上的花，稳重，文静，仿佛这一辈子什么别的事也没有做过。她几乎一句话也没有说，静静地看着手里的活计。她的脸部表情显得那么平淡无奇、普普通通，使我不由自主地联想起我们寻常百姓家长大的卡佳和玛莎之流。她还轻声地哼起了《我的亲人好妈妈》[1]，这就更像了。我望着她憔悴微黄的面容，回忆昨天的胡思乱想，心里感到一种怜悯。天气非常好，加京对我们说今天他要去练习写生。我问他是否可以让我陪他一起去，我会不会妨碍他。

"相反，"他回答说，"您可以成为我的好参谋。"

他戴上凡·戴克[2]式圆形宽檐帽，穿上男式

---

1 系俄国作曲家古里廖夫根据诗人莫克林斯基的歌词谱写的歌曲。
2 原文为法文，凡·戴克系佛兰德斯画家，善画肖像画、宗教和神话题材画。此指肖像画中人物的帽式。

短上衣，胳膊下夹一个画夹子，就上路了。我走在他后面，阿霞则留在家里。临行时加京请她留神别把汤煮得太稀，阿霞答应到厨房照看。加京走到我们已经熟悉的谷地，在一块岩石上坐下，开始对一棵有树洞、枝叶扶疏的老橡树写生。我在草地上躺下，掏出书来看。但是我两页书也没有看完，他也只在画纸上随意涂抹了一番。我们更多在探讨问题，至少我觉得诸如究竟应当怎样工作，应当回避什么，应当坚持什么，在我们的时代画家本身的意义何在等等问题，都谈论得头头是道、鞭辟入里。最后，加京确认他"今天兴致不高"，便在我身边躺下来，于是年轻人的话匣子就无拘无束地打开了，那滔滔不绝的议论时而热情洋溢，时而若有所思，时而充满激情，然而这些议论往往含糊不清，倒是俄国人最乐而为之的。我们东拉西扯谈了个够，心里充满了志得意满的情绪，仿佛我们已经有所作为，已经达到某个目标，于是回到了家里。我觉得阿霞和我刚才同她分手时毫无二致，不管我怎么留神观察，都没有发现在她身上有一丝一毫卖弄风情的影子，没有一丝一毫扮演某个角色的模样。现在无论如何不能指责她矫饰做作了。

"啊哈！"加京说，"罚自己守斋和忏悔啦！"

傍晚她毫不做作地打了几次哈欠，早早地回自己房里去了。不久我也向加京告辞。回家以后我已经什么也不想了，这一天是在清醒中度过的。但是我记得上床时我不由自主地出声说道："真是个变色龙，这个姑娘！"想了想后又说道："不管怎么说，她不是他妹妹。"

六

整整过了两个星期。我每天拜访加京兄妹。

阿霞似乎在躲避我，但是像我们认识最初两天里使我惊讶的淘气行为，她再也没有过。她似乎暗自有点伤心或感到不好意思，甚至连笑也不爱笑了。我好奇地留神观察她。

她的法语和德语都讲得很棒，但是各方面都显示出她从小没有得到过母性的照料，所受的教育与加京完全不同，是一种奇特的、与众不同的教育。加京尽管戴着凡·戴克式帽子，穿短便服，却依然流露出大俄国贵族公子的气质，柔顺温良，多少有点养尊处优。阿霞却不像一个贵族小姐，无论举手投足，处处流露出一种局促不安的心理，仿佛这棵野生的小树刚刚嫁接，这酒还在发酵。她生性羞怯胆小，因而恼恨自己的忸怩不安，由于恼恨就强作潇洒、勇敢，结果总是适得其反。我多次和她谈起俄国的生活、她的过去，但是她对我的寻根究底并不乐意回答。不过，我知道直至出国以前她曾经长期住在乡下。有一次我遇见她正在看书，独自一人。她双手支头，十指深深插进发际，两眼如饥似渴地盯着字行。

"了不起！"我走到她跟前说，"您真用功！"

她微微抬起头，庄重而严厉地看了看我。

"您以为我光知道笑。"说着她就起身走开了……

我扫了一眼书名，是一本法国小说。

"不过您所选的这本书我不敢恭维。"我说。

"那看什么好！"她大声说，接着把书往桌子上一扔，"我还不如瞎胡闹好！"说着便向花园里跑去。

就在当天傍晚，我给加京朗读《赫尔曼与窦绿苔》[1]。起初阿霞一直在我们旁边转来转去，后

---

1 歌德的长篇叙事诗。

来忽然停下来，开始竖起耳朵细听，悄悄坐在我身边，一直听到我念完。第二天她又变得我认不出来了，当时我猜不到她脑子里突然会钻进这样的想法：要像窦绿苔那样善于理家、举止稳重。总之她对我来说是个捉摸不透的人物。她极端地自尊，所以对我有吸引力，甚至在我生她气的时候也是如此。不过有一件事我越来越确信无疑，那就是她不是加京的妹妹。他待她不像个哥哥，过于和气，过于宽容，同时有点迫不得已地这样对她。

看来是一个奇异的机会证实了我的猜疑。

有一天傍晚，我走到加京兄妹耽搁的那个葡萄园旁边，发现栅栏门锁着。我未经多少犹豫就走到有一段栅栏破损的地方。这地方我以前就发现了，于是跳了过去。离这儿不远，路的一旁有一座合欢树编成的亭子，我走到亭子跟前，已经想走过去了……蓦然间阿霞的声音惊住了我，她啜泣着，激动地诉说了下面的话语："不，除了你我谁也不想爱。不，不，我只想爱你一个人——而且永远。"

"好了，阿霞，放心吧。"加京说道，"你知道我相信你。"

他们的声音从亭子里传出来。我透过编织得不太稠密的枝叶看到了他们两个人。他们却没有发现我。

"我，只爱你一个。"她重复说道，扑过去搂住他的颈项，抽抽搭搭地哭着，开始亲他，紧紧地贴住他的胸前。

我凝神屏息，呆呆地站了一会儿……忽然我浑身猛然一怔。"到他们身边去？绝对不行！"我脑子里闪过这个念头。我大步流星回到栅栏边，一跃而过到了路上，几乎跑也似的回到了寓舍。

我脸带笑容，搓着双手，惊喜终于得到一个机会来证实自己的猜疑（我一刻也没有怀疑过它的真实性）。与此同时，我心里却非常难过。"可是，"我想，"他们多么会装模作样啊！但是为什么要这样做？怎么这么喜欢愚弄人？想不到他们会来这一招……多么动听的解释！"

七

我睡得很不踏实，次日一清早就起了床，在背后系上旅行背囊，关照房东太太让她别等我回来过夜，就沿 3 城所在的那条河，溯流而上，向山里进发了。这些山是一条名叫"狗脊"的山岭的支脉，就地质学的领域而言是极其引人入胜的，尤其是玄武岩层的平整和纯净堪称一绝，然而我无心进行地质考察。我不明白自己内心发生了什么事，只有一种感情是清楚的：不希望再和加京兄妹见面。我相信我突然对他们失去好感的唯一原因是他们的狡狯多诈。谁强迫他们冒充同胞兄妹？不过我竭力不去想他们，从容不迫地在山间和谷地优哉游哉，在乡村小饭馆里随意就座，一面和店主与顾客融洽地攀谈，或者躺在晒热的平坦岩石上看云团飘忽游移。好在天公作美，晴好无比。我就这样度过了三天，不无心满意足的感觉——虽然有时也有忧郁的情绪袭上心头。我的心情与此地大自然宁静的环境正好十分和谐。

我完全忘情于静静地回味偶尔遇到的景象，领略不经意间来到心头的感觉，它们缓缓地流经我的心田，彼此交替着，最后在心里留下一个共同的感觉。这三天内我所目睹、所感受、所耳闻的一切都在这种感觉里融为一体了。松脂在林间散逸出的淡淡清香，啄木鸟发出的鸣叫和击木的橐橐声，涧底活跃着的花色斑斓的鲜鱼，明晃晃的小溪喋喋不休的絮语，群山不太鲜明的轮廓，闷闷不乐的山崖，外形可观的古教堂和林木葱茏的清洁的小村落，草地上的鹳鸟，轮子急速旋转的磨坊，农夫们殷勤好客的面容，他们蓝色的无袖短上衣和灰色长裤子，吱吱作响、套着肥胖马匹或母牛的、慢条斯理的大车，在两旁栽满苹果树和梨树的路上行走的蓄着长发的年轻人……

时至今日，我回忆起当时的那些景象，还心里乐滋滋的。向你致敬，德意志大地朴素的一角，你简单淳朴、知足常乐，你勤劳的双手和从容不迫、坚持不懈的劳动到处留下了痕迹……向你致敬，并愿你平安！

到第三天快傍晚的时候我才回家。我忘了交代，由于对加京兄妹的恼恨，我试图在心里重新唤起对那位狠心的小寡妇形象的回忆。不过我的努力毫无结果。记得我开始想念她的时候，我眼前看到的却是个五六岁的乡下小女孩，长着一张圆圆的脸蛋，纯真无邪地鼓起一对小眼睛。她那样稚气十足、单纯地望着我……面对她纯洁的目光，我感到无地自容，我不想当面对她说谎话，便顿时和昔日的对象彻底、永久地告别了。

我在家里发现了加京留下的字条。他对我的突然决定纳闷不解，怪我为什么不带他一起走，要我一回来就去他们家。我念完这张字条，心里颇感不满，但是翌日还是去了 Л 城。

八

加京迎接我的时候还是像朋友一样，说了一大堆温和的责备话。然而阿霞却仿佛有意似的，一见我就无缘无故大笑起来，然后就同她惯常所做那样，一转眼就跑开了。加京感到尴尬，看着她离去，轻声嘀咕着说她是个疯姑娘，请我不要介意她。说实在的，我心里对阿霞非常恼火，本来我心里就很不好受，现在她又发出这不自然的笑声，做出矫揉造作的奇怪举动。不过我装作什么也不注意的样子，向加京详细介绍我这次短途旅行的情况。他也告诉我，我不在的时候他都做了些什么，可是我们谈得并不投机。阿霞走进屋来又跑了出去，最后我说我还有要紧的事，应当回家了。加京起先还挽留我，后来专注地看了看我，自告奋勇说送我走。在前厅里，阿霞突然走到我身边，向我伸出手来。我轻轻握了握她的手指，微微向她欠身致意。我和加京一起渡过莱茵河，在经过我喜欢的那棵梣树和圣母雕像的时候，我们在长椅上坐下来观赏风景。这时我们之间进行了一段意味深长的对话。

开头我们交谈了几句，后来望着水光潋滟的

河水都不作声了。

"告诉我，"加京含着平常的笑容，突然向我发问，"您对阿霞怎么看？您是不是觉得她有点怪？"

"不错。"我并非毫无困惑地回答道，没料想他会提到她。

"如果要对她下判断，必须好好了解她，"他说，"她心地非常善良，可是爱起怪念头，任性得很，和她相处可不容易。不过这不能怪她，如果您知道她的身世……"

"她的身世？"我打断他的话，"难道她不是您的……"

加京向我瞟了一眼。

"您是不是已经觉得她不是我的妹妹？不……"他没有注意我当时的狼狈相，继续说道，"她的确是我的妹妹，她是我父亲的女儿。您听我说完，我信任您，所以要把什么都告诉您。"

我父亲为人非常厚道，聪明，有教养——然而并不幸福。和其他许多人相比，命运对他并不薄，但是他连命运的第一个打击都经受不住。他结婚很早，而且是恋爱结婚。他的妻子，也就是我的母亲，很快就遗世而去了。她死时我才六个月。父亲把我带到乡下，整整十二年没有出过远门。他亲自管我的教育，如果不是他的哥哥，也就是我的亲伯父，到乡下来看我们，他怎么也不会和我分离的。这位伯父常住彼得堡，担任着一个相当重要的职位。由于父亲说什么也不愿意离开乡间，他就说服我的父亲把孩子交给他管。伯父告诉他，像我这样年龄的孩子，成天生活在一个与世隔绝的环境里，又和像我父亲这样一个终日闷闷不乐、沉默寡言的教育者相处一室，是十分有害的，我必定会落后于同龄的孩子，而且天性受到损害。父亲好久听不进兄长的规劝，但最后还是让了步。和父亲分手时我哭了。虽然我从来没有见过他的笑容，但是我爱他……然而来到彼得堡后，我很快就忘记了我们那幽暗、缺乏欢乐的老家。我进了士官学校，毕业后又进了近卫军团。每年我都到乡下去住上几个星期，发现父亲一年比一年更愁眉不展，更内向，更沉思默想，甚至胆小怕事。他每天都上教堂，几乎连话也不会说了。一次回家省亲时（我已经二十出头了），我在家里见到一个十岁左右、瘦瘦的黑眼睛小姑娘，她就是阿霞。父亲说她是个孤儿，是他领养的——他就是这么说的。我没有特别注意她。她怕生，动作利索，不爱说话，像头小野兽。只要我一走进父亲喜欢的那个宽大、阴暗的房间，阿霞就会马上躲到父亲的伏尔泰椅或书橱后面去。我母亲就是在那个房间里去世的，屋里连白天也点着蜡烛。这以后三四年间，我因公务缠身，不大能抽身到乡下去。每月我收到父亲寄来的一封短信，信里他难得提起阿霞，即使提到也是一笔带过。他已年过半百，不过看上去还像个年轻人。所以您可以想象我是多么惊恐不安——当我突然间收到管家的来信，说我父亲已经病垂危笃，而这一点我当时连做梦也不会想到。他请求我尽一切可能火速回家，如果我想给父亲送终的话。我拼命往家里赶，总算见到父亲还活着，但是已奄奄一息。他对我的到来喜出望外，伸出他那双骨瘦如柴的手，拥抱了我，用一种似询问又似哀求的目光久久凝视着我。

直到我保证履行他最后的请求时，他才吩咐他的贴身老侍仆把阿霞带来。老人带了她来，她勉强站着，浑身瑟瑟发抖。

"现在，"父亲费劲地对我说，"我把我的女儿——你的妹妹托付给你了。你可以向雅科夫了解一切。"他指了指贴身侍仆。

阿霞大哭起来，脸向下扑到了床铺上……半小时以后父亲与世长辞了。

下面就是我所了解到的情况。阿霞是我父亲同我母亲从前的女仆达吉雅娜所生的女儿。我清楚地记得这位达吉雅娜，记得她那苗条的身材，秀美、端庄、聪慧的脸庞，还有那双深色的大眼睛。她是个出了名的傲气十足、难以亲近的姑娘。从雅科夫毕恭毕敬、吞吞吐吐、欲言又止的谈话中我可以明白，父亲是在母亲死后几年里和她两情相投的。当时达吉雅娜已经不住在东家的屋子里了，而住到了已出嫁的姐姐——一个养牲口的女仆的小茅屋里。父亲对她一往情深，在我离开乡下以后甚至想和她结婚，当时不管他怎么求她，她就是不肯做他的妻子。

"已故的达吉雅娜·瓦西里耶芙娜[1]，"雅科夫双手反背，站在门口这样对我说，"哪方面都显得通情达理，不愿意让您的父亲受委屈。她说：'我怎么配做您的妻子，我算什么太太？'她就是这样说的，说的时候我在场。"

达吉雅娜甚至不愿意搬进我们的屋子住，继续住在姐姐家，带着阿霞。小时候我只在逢年过节、到教堂里的时候才见到阿霞。她缠一

---

1 "瓦西里耶芙娜"是达吉雅娜的父名。按俄国人的习惯，称父名表示尊敬。照理达吉雅娜身为女仆，是用不着以父名称呼的，作者用这种称呼表示雅科夫对她的敬重。

块深色头巾，披一块黄披肩，在人群里靠窗边站着——透明的窗玻璃上清晰地映出她拘谨的侧影——安详、郑重其事地祷告，按老规矩深深地鞠躬。伯父把我带走时阿霞才两岁，到九岁那年她失去了母亲。

　　达吉雅娜一死，父亲就把阿霞带到自己家里。他先前就表示，希望把阿霞带在自己身边，但是达吉雅娜连这一点也不肯。您不妨想一想，阿霞被带到老爷身边时会怎么样。至今她不能忘记人们第一次给她穿上绸衣服、亲她小手那一刻。她母亲还在世的时候，对她管教非常严格，在父亲那里她却享受充分的自由。他当她的老师。除了他，她没有见过任何一个别的老师。他不宠她，也就是不娇惯她，不过他对她喜欢得不得了，从来就没有不许她做的事——他打心眼儿里觉得对不起她。不久阿霞明白自己是家里的主要角色，老爷就是她亲爹。然而不久她同样明白了自己所处的虚假地位，自尊心在她身上大为膨胀，多疑的性格滋长起来，坏习惯也扎下了根，朴实的天性再也看不到了。她希望（有一次她亲口向我承认了这一点）全世界都不再记得她的出身。她既为自己的母亲感到耻辱，又为自己有这样的耻辱而感到羞愧，于是转而为母亲自豪。您看得出来，无论以往还是现在，许多在她这个年龄不该知道的事她都知道……难道这是她的错吗？她正值青春，充满活力，热血在沸腾，但是身边没有一只手能为她指引方向。她彻底地独立自主！可是她就那么轻易熬得过来？她希望比别家小姐毫不逊色，于是钻进了书本里。这会有什么好结果呢？一开始就不正常的生活，其发展也不会正常。然而她心灵未受损伤，智力也很健全。

就这样，我，一个年仅二十出头的年轻人，带了一个十三岁的女孩子！在父亲死后的最初日子里，一听到我的声音她就要打战，我对她的亲切爱抚反使她愁绪满怀，她只是慢慢地才一点点跟我熟悉起来。当然，后来当她确信我承认她是我妹妹，而且像对妹妹一样爱她时，她对我就非常亲了——她身上没有一种感情是半心半意的。

我把她带到了彼得堡。尽管和她分开对我来说是多么难过，无论如何我还是不能和她住在一起。我把她安顿在一所很好的寄宿学校。阿霞明白我们俩必须分开，开始时大病一场，几乎死去。后来终于挺了过来，于是在寄宿学校熬过了四个年头。但是跟我的预料相反，她的性格还是和从前一模一样。女校长经常在我面前告她的状。"既不好处罚她,"她对我说,"来软的她又不吃。"阿霞的悟性异常高,功课学得很出色,比谁都好,可是怎么也不愿意和大家一样随波逐流,她要我行我素,看上去像个孤僻的怪人……我不能过分责备她,处在她这样的地位要么阿谀奉承,要么孤高自傲。女伴里面她只跟一个人合得来,那是一个其貌不扬、因受虐待而胆战心惊、家境贫困的女孩子。其余和她同窗共读的小姐们,大部分出身于名门望族,都不喜欢她,对她竭尽讽刺挖苦之能事。阿霞对她们寸步不让。一次上神学课的时候老师说到了恶德。"阿谀和胆怯是最大的恶德。"阿霞大声说。总之她继续按自己的路子发展,不过她的仪态风度变好了,虽然这方面她的进步似乎还不太够。

终于她过了十七岁,让她继续长久待在

寄宿学校已不可能。我处在十分为难的境地。突然我心生妙计——退伍，到国外去待上一两年，把阿霞也带上。怎么想就怎么做，于是我和她来到莱茵河畔，在这里我努力学画，她呢……淘气，跟从前一样耍怪脾气。现在我希望您不会对她过于苛求，不过她即使装作什么也毫不在乎，对每个人的意见还是很重视的，对您的意见更是如此。

加京又露出了淡淡的笑容。我紧紧地握住了他的手。

"全部真相就是这样，"加京又说起来，"但是和她一起对我来说真伤脑筋。她是个十足的火药桶，到现在为止还没有一个人让她喜欢，不过要是她爱上了谁，事情就糟了。有时我不知道拿她怎么办，这几天她不知又想到了什么怪念头，突然说我对她比过去冷淡了，说她只爱我一个人，而且一辈子只爱我一个人……说着就大哭起来……"

"原来这样……"我刚想说，但是咬住舌头没有说出来。

"请告诉我，"我问加京——我们两人说话完全没有必要转弯抹角了，"难道迄今为止真的没有一个人叫她中意吗？在彼得堡她一定见过不少年轻人啊！"

"他们，她压根儿看不上眼。不，阿霞需要的是英雄，是非凡的人物——或者就是风景画上所画的山谷里的牧人。得啦，我对您唠叨得够啦，耽误了您的时间。"他站起来的时候又说了一句。

"您听我说，"我开始说，"咱们一起到你们那儿去，我不想回去了。"

"那您的事呢？"

我一句话也没有回答。加京善意地笑了笑，我们就动身去 Л 城了。见到葡萄园和山顶的小白屋，我感到一阵甜意——心里感觉到的正是一阵甜意，仿佛有人暗地里把蜜糖浇在了我心头。听了加京的叙述后我心里变得轻松自如了。

九

阿霞正好在家门口迎接我们！我又在准备听她的笑声，但是她出门向我们走来时一脸苍白，眼睑下垂，不发一言。

"这不，他又来了。"加京开口说道，"你可要注意，是他自己想回来的。"

阿霞疑惑地看了看我。于是我向她伸出手去，这一次紧紧地握了握她冰凉的小手。我开始非常怜悯她。现在我对她身上先前使我莫名其妙的许多东西都理解了——她内心的不安情绪，她的不善自持、好炫耀的性格，这一切我都明白了。我窥视了她的内心——她总觉得受着一种隐隐的压迫，一种涉世未深的自尊心理惴惴不安地萦绕在她的心头，挣扎着，而她的整个身心又向往着返璞归真。我明白这个古怪少女令我心驰神往的原因了。牵动我心的不仅是她整个纤纤玉体所洋溢的那种半粗野的魅力，我喜欢的还有她的心灵。

加京开始翻寻他的画稿，我向阿霞提议陪我去葡萄园散步。她马上同意了，怀着愉快、几乎顺从的心情同意了。我们下到山腰里，在一块宽大的石板上坐下。

"不跟我们一起，您不感到寂寞吗？"阿霞开始说。

"那么不跟我在一起，你们感到乏味吗？"我问。

阿霞从侧面瞟了我一眼。

"是的,"她答道,"山上好吗?"她立刻又问道:"山高吗?是不是比云还高?请告诉我您都见到了些什么。您对我哥哥说了,可我一句也没有听到。"

"谁让您自己走开的呢?"我对她说。

"我走开了……因为……现在我可再也不走开了。"她话音里露出一种信任的柔情,"今天您生气了。"

"我?"

"您。"

"为什么我要生气呢,哪儿会有这种事……"

"我不知道,但是您生气了,而且是生着气离开的。您这样离开,我感到非常懊丧,您回来了,我又感到高兴。"

"我也高兴我回来了。"我说。

阿霞耸了耸肩膀，仿佛孩子们心里高兴时常做的那样。

"啊，我可会猜呢！"她继续说，"以前常这样，光凭爸爸从隔壁房间里传来的一声咳嗽，我就知道他喜不喜欢我。"

此前阿霞从来没有对我说起自己的父亲，这使我惊诧。

"您爱您爸爸吗？"我说道，叫我最为沮丧的是我觉得我脸红了。

她一句话也没有回答，同样脸红了。我们两人都不说话了。远处，莱茵河上一艘轮船正疾驰而过，吐着烟。我们开始望那艘船。

"您为什么不说了？"阿霞轻声说道。

"今天您为什么一见我就大笑？"我问。

"我自己也不知道。有时我想哭，却反而笑了。您不该凭着……我的举动来判断我。哦，顺便问一件事，洛勒莱[1]的故事是怎么回事？那块望得见的真是她的岩石吗？据说，从前她先把所有的人都淹死了，可是一旦自己堕入情网，她就投水而死了。我喜欢这个故事。路易斯太太给我讲故事，什么样的都讲。路易斯太太有一只黄眼睛的黑猫……"

阿霞抬起头，抖了抖长鬈发。

"啊，我真高兴！"她说。

此时飘来一阵时断时续的嗡嗡声。原来是一大帮朝圣者举着十字架和神幡，拉了长长的队伍正在山下的路上缓步而行。几百个人齐声反复祈祷吟诵的声音，有节奏地起伏着。

---

1 德国民间传说中一位少女的名字。她因恋人对她不忠而投莱茵河自尽，死后化作水妖，经常引诱渔船触礁沉没。洛勒莱成为德国许多诗歌作品的题材，诗人海涅写有叙事诗《洛勒莱》。下文的岩石指圣戈阿斯豪森附近莱茵河中以"洛勒莱"命名的回音石。

"要是走在他们中间该多好！"阿霞听着徐徐远去的声音说。

"难道您这么虔诚地相信上帝？"

"我要到随便哪个遥远的地方去祈祷，去建立艰苦的功勋。"她继续说道，"要不，日子一天天过去，生命也跟着消逝，我们会悔恨这一生究竟做了些什么！"

"您是个追求功名的人。"我向她指出，"您希望不虚度此生，在身后留下足迹……"

"难道这不可能做到吗？"

"不可能。"我几乎是脱口而出……然而我望了望她那亮晶晶的双眼，又说了一句，"试试吧。"

"请告诉我……"阿霞沉默了不多一会儿后又开始说。在她沉默不语的时候，她那已经变得苍白的脸上掠过了某种阴影。"您喜欢那位女士……您记得吗，在我们认识的第二天，在废墟上我哥哥曾为她的健康举杯祝福？"

我笑了起来。

"您哥哥是说着玩的，我还没有喜欢过一个女士，至少目前还一个也没有喜欢上。"

"那您喜欢什么样的女人呢？"阿霞怀着纯真无邪的好奇心理，把头向后一仰，问道。

"多么古怪的一个问题！"我大声说。

阿霞微露出局促不安的样子。

"我不该向您提这样一个问题，对吗？请原谅，我已经习惯于想什么就胡扯什么。也正因此，我才害怕开口。"

"看在上帝的分上，说吧，别担心。"我接着说，"我真高兴，您终于不再害羞怕生了。"

阿霞低下了头，发出轻细的笑声，我以前没有听见过她那样的笑声。

"好，那您说说吧。"她继续说，一面抚弄着连衣裙的下摆，将它放在大腿上，仿佛她准备要坐好久似的，"请说说，或者念点什么，就像您曾经给我们念过《奥涅金》里的片段那样，您记得吗……"

忽然她沉思起来——她轻声念道：

在我可怜的母亲的上方

如今只有一个十字架和葱葱树影！……[1]

"普希金的诗句不是这样的。"我向她指出。

"不过我真想做达吉雅娜。"她依然若有所思。"请说说吧！"她热切地接着说。

然而我无心讲故事。我望着她，她全身沐

---

[1] 引自《叶甫盖尼·奥涅金》第八章第四十六节，原诗中"母亲"两字应为"奶娘"。

浴在明亮的阳光里，变得既安详又温顺。我们四周，我们头顶上，我们脚底下，万物都闪耀着欢快的光芒——天空、大地和河流，连空气本身也似乎充满了光明。

"请看，景色多么好！"我情不自禁地压低了声音说。

"是啊，真好！"她眼睛没有看着我，同样轻声地回答我说，"要是我和您是两只鸟，咱们会飞得多么高，又会飞得多么远啊……飞啊飞啊，就这样隐没在这蔚蓝的天空……可惜咱们不是鸟啊。"

"不过咱们会长出翅膀来。"我回答说。

"怎么会呢？"

"再过几年您就知道了。有这样一种感情，能托起我们离开地面。别担心，您会有翅膀的。"

"那么您有过吗？"

"怎么对您说呢……看来直到现在我还没有飞翔过。"

阿霞又沉思起来。我微微俯身望着她。

"您会跳华尔兹舞吗?"她突然问。

"会跳。"我回答道,感到有点尴尬。

"那咱们走,走吧……我让哥哥给咱们伴奏华尔兹舞曲……咱们想象自己在飞翔,长出了翅膀。"

她向屋里跑去。我跟在她后面跑——几分钟以后我们已经和着拉奈尔乐曲甜美音响的节奏,在拥挤的房间里旋转着翩翩起舞了。阿霞华尔兹舞跳得极好,她陶醉在里面了。从她那少女特有的严肃面容里突然透逸出某种温柔的、女性的气质。此后我久久地感受到我的手触碰着她柔软的腰肢,久久地听到她贴近的急促呼吸,总觉得她苍白而生机勃勃、被鬈发欢快地拂弄着的脸上,那双颜色深沉、凝滞不动、几乎闭合的眼睛久久地浮现在我面前。

十

　　整整这一天过得好得不能再好，我们似孩子一般嬉戏作乐，阿霞显得非常亲切单纯。加京望着她，心里很高兴。我很晚才离去。渡船划到河中心后我请求船夫纵舟顺流漂去，老汉抬起了双桨，于是雄伟的大河便带着我们飞驰而去。眼望四周，听着，回想着，蓦然间我感到有一种隐隐的不安袭上心头……我举首望天，天空也不安宁——天空布满了星星，不断地在微微闪烁，移位、战栗。我俯身向着河水……可是就连这黑暗、寒冷的河水深处也有星星在摇曳、战栗。我觉得仿佛到处都有使人胆战心惊的活动——我自己身上也滋长起一种惊恐不安的情绪。我将臂肘支在船边上……耳际晚风的絮语，船后波浪的呜咽使我恼怒，而波浪清新的呼吸却未能教我冷静下来。岸上夜莺开始啼啭，它的鸣声犹如一服甘甜的毒剂感染了我。我的眼眶里滚出两行热泪，然而那不是无缘无故的兴奋引出的眼泪。我的感受已不同于那种朦胧不清、不久前才经历过的对世间万物都寄予期望的感觉。当时我的心灵正在扩大，正在呼唤，它觉得它能理解一切，热爱一切……不！我胸中燃烧着对幸福的渴望。我还不敢对"幸福"二字名正言顺地直呼其名，然而幸福，极度满足的幸福，正是我所希望的，正是我所为之苦恼的……小船依然奔驰而下，而老船夫却坐着，俯身靠着船桨在打盹儿。

十一

　　翌日我动身去加京家时，我没有问自己是否

爱上了阿霞，但是对于她，我想了好多好多，她的命运使我关切，我高兴我们俩竟意外地彼此靠近了。我觉得，直到昨天我才了解她。以前她使我难以接近，正是现在，当她终于开诚布公地将自己展现在我面前时，她的形象才放射出何等迷人的光彩，她的形象才使我感到何等新鲜，从这个形象羞羞怯怯地透出的又是何等隐秘的魅力……

我神清气爽地走在熟识的小道上，不住地眺望远处泛着白色的小屋，没有去憧憬未来——对来日我想也不想，心境非常好。

我进屋时阿霞脸唰的一下红了起来。我发觉她还是打扮得漂漂亮亮的，然而她的脸部表情与这身打扮并不相称——表情是凄然的。而我来到时竟是那么兴高采烈！我甚至觉得她似乎会像往常那样准备溜之大吉，但是她强制住自己，留了下来。加京正处于一个艺术家激动而狂热的状态，对于那些粗懂艺术的三脚猫来说，当他们想象自己有机会捉住他们所谓的"大自然的尾巴"时，就如突然发作似的，这种状态会使他们忘乎所以。他站在绷紧的画布前，头发凌乱，浑身被颜料弄得红一块，绿一块，大笔大笔地在画布上挥擦，几乎恶狠狠地对我点了点头，退后几步，眯起双眼看上一眼，又迅速向他的画幅走去。我没有打扰他，在阿霞身边坐了下来。她那双深色的眼睛徐徐转过来注视着我。

"您今天的样子和昨天不一样！"我力图唤起她嘴角的微笑，却徒劳无功，于是这样对她说。

"是的，不一样。"她用不慌不忙的声音，沙哑地回答说，"不过没关系。我没有睡好，整夜都在想。"

"想什么？"

"唉，我想的很多。这是我从小养成的习惯，还在我和妈妈一起住的时候就开始了……"

她吃力地说出这句话，接着又重复了一遍：

"还在我和妈妈一起住的时候……我想过，为什么谁也不能知道自己将会怎么样，有时你看见了不幸，却无法自救，为什么无论什么时候都不能将真话和盘托出呢？……后来我又想，我什么也不懂，我需要学习，我应当重新受教育，我所受的教育相当糟糕。我不会弹钢琴，不会画画，我连针线也做不好。我一点本领也没有，和我在一起大概会非常乏味。"

"您对自己不公平，"我回答说，"您读过许多书，您受过教育，还有您的聪明……"

"难道我聪明？"她怀着那样一种天真的求知渴望问着，使我禁不住笑了起来，可是她一丝笑容也没有。"哥哥，我聪明吗？"她问加京。

他一句话也没有回答，继续从事他的劳动，不断地调换着画笔，高高地擎着手。

"有时连我自己也闹不清我脑子里究竟在想什么。"阿霞依然露出刚才那种若有所思的表情继续说，"有时我连自己也害怕起自己来，真的。唉，我多么想……说女人不应该读许多书，这话对吗？"

"读许多用不着，但是……"

"请告诉我，我应当读什么书？我应当做什么事？只要是您说的，我都会去做。"她怀着天真无邪的信赖态度向着我，补充说道。

我一时想不出该怎么对她说。

"和我在一起您该不会感到枯燥乏味吧？"

"哪儿的话！"我开始说。

"好，谢谢！"阿霞回答道，"我以为您会感

236

到乏味呢。"

于是她热乎乎的小手紧紧地握住了我的手。

"H！"这当儿加京大声喊道，"这背景是否太暗了一点？"

我向他走去。阿霞起身离开了。

十二

一小时以后她回来了，在门口站定后招手要我过去。

"请听着，"她说，"要是我死了，您会可怜我吗？"

"您今天怎么净想这些怪念头！"我扬声说。

"我设想我不久就会死去，有时我似乎觉得周围的一切正在和我告别。与其这样活着，不如死了好……啊！别这么看着我，真的。我不是随便说说的，否则我又要害怕起您来了。"

"难道您害怕过我？"

"如果我是那样一个古怪的女人，那么我确实是无辜的。"她回答说，"您看，我连笑也笑不出了……"

直至傍晚，她一直愁眉不展，心事重重。她心里产生过某种想法，而这正是我所不清楚的。她的目光经常停留在我的身上，在这种猜度不透的目光下，我的心暗暗地揪紧了。她的样子看似安详，而我望着她的样子，却想说，希望她不要激动不安。我怀着欣赏之情看着她，从她苍白的面容，从她那迟疑不决、慢条斯理的举止，我发现一种动人的魅力——而她却不知为什么居然认为我心境不好。

"听我说，"在我起身告辞前不久她说，"有一个想法折磨着我，我想您把我当成了一个轻浮女子……往后您要永远相信我的话，只不过您得跟我坦诚相见，我将永远对您说真话，我向您保证……"

这"保证"二字又叫我忍俊不禁起来。

"啊，别笑，"她热切地说，"否则我就对您说昨天您对我说过的话——您为什么笑？"经过短暂的静默以后，她又说："记得吗，您昨天说过关于翅膀的话？……我的翅膀已经长了出来，可我却无处可飞。"

"得了吧，"我说，"您的面前条条大路畅通无阻……"

阿霞直截了当、专心致志地望着我的眼睛。

"今天您一定认为我这个人很不像话。"阿霞蹙紧眉头说。

"我？认为不像话？指您！……"

"你们俩怎么这么垂头丧气？"加京打断我的话，"要不要像昨天那样，让我给你们奏华尔兹舞曲？”

"不要，不要，"阿霞反对说，一面捏紧了两手，"今天说什么也不要！"

"我不会勉强你，放心吧……"

"说什么也不。"她脸色变苍白了，重复道。

"难道她爱我？"在走向莱茵河边时我想到，河上翻腾着急湍的黑色波涛。

十三

"难道她爱我？"次日我一醒来就问自己。我不想窥测自己的内心。我觉得她的形象，一个强颜欢笑的少女的形象已经深入我的内心，而且我不可能在短期内将它摆脱。我出发去 Л 城，在那里待了整整一天，但阿霞只在我面前晃了一眼。她身体不适，头痛，下楼来只待了一会儿。她包着前额，脸色苍白，消瘦，几乎闭着双眼，她虚弱无力地莞尔一笑说："会好的，不要紧，都会好的，是吗？"说着就走了。我开始觉得无聊，似乎有点烦闷和空虚。然而我又久久不肯离去，直至很晚才回家，因为再也没有见着她。

翌日早晨我在一种半醒半睡的状态中度过，我想开始工作，却做不到，想什么也别干，什么也别想……同样做不到。我便在城里踯躅徘徊，回到寓所又出门去，如此往复来回。

"您是H先生吗？"忽然我后面传来一个孩子的声音。我回过头去，我面前站着一个小男孩。"这是安娜小姐给您的。"他交给我一张字条，又说道。

我打开一看，认出是阿霞歪歪扭扭的潦草字迹。"我必须与您见面，"她字条里说，"今天四点钟来，在废墟旁的石砌小教堂。今天我做了一件非常冒失的事……看在上帝的分上，请一定来。

您会明了一切的……请告诉送条人：一定。"

"有回音吗？"男孩问我。

"告诉她：一定。"我回答。

男孩跑着去了。

十四

我回到自己房间，坐下来沉思，心在胸膛里激烈跳动。我多次反复看了阿霞的字条。我看看表——还没有到中午十二点。

房门开了，进来的是加京。

他脸色阴沉，抓起我的手紧紧地握了握，样子显得异常激动。

"您怎么啦？"我问。

加京拿过一把椅子，在我对面坐下。

"大前天，"他强装出笑容，开始结结巴巴地说，"我用自己讲的故事使您吃惊，今天要叫您更加吃惊。要是换一个人，我恐怕下不了决心……这么直截了当地问他……可是您是一个高尚的人，是我的朋友，是这样吗？请听着，我妹妹阿霞爱上您了。"

我浑身一怔，微微站了起来……

"您的妹妹，您说……"

"不错，不错。"加京打断我的话头，"我告诉您，她疯了，还要把我也逼疯。不过幸好她不会说谎话，而且信任我。唉，这个女孩子心灵有多天真……可是她会毁了自己，一定的。"

"是您搞错了。"我开始说。

"不，没搞错。我告诉您，昨天她几乎躺了一整天，一点东西也不进口，而且不喊也不哼……她从来不诉苦。虽然傍晚的时候她稍稍有点热度，我倒不担心。今天半夜两点房东太太把我叫醒，'到您妹妹房里去吧，'她说，'她不太好呢.'我跑到阿霞房里,发现她和衣躺着,浑身颤抖不止,泪流满面,她额头火烫,上下牙齿碰得咯咯响.'你怎么啦?'我问道,'病了吗?'她扑过来搂住我的脖子,开始央求我尽快带她离开这里,如果我不想她死的话……我丈二和尚摸不着头,竭力安慰她……她哭得越发厉害……突然我从哭声里听出……总而言之,我听到她说她爱您。请相信,我和您都是有头脑的人,但是无法想象她的感情居然有这么深,这么强烈。这感情在她身上来得这么突然,这么不可抗拒,简直像雷电一样。您是一位非常亲切可爱的人,"他继续说,"可是她为什么这么爱您,这一点,老实说,我真弄不明白。她说她一见到您就钟情于您了。因此前几天当她对我说,要我相信,除了我谁也不想爱时,她哭了。她认为您看不起她,认为您可能已经知道了她的身世,她问我是否告诉了您她的身世，我当然说没有，但是她的敏感简直令人害怕。她只有一个愿望：离开此地，立即离开。我陪她坐到清晨，她获得了我的保证，明天就离开这里，这时她才睡着。我想啊想，于是决计和您谈一谈。我认为阿霞的话是对的，最好的办法是我们俩都离开这里。如果不是我脑海里生出一个念头阻止了我的话，我今天就带她走了。也许……说不定，您喜欢我妹妹呢？如果是这样，那我何必将她带走呢？所以我就打定主意，什么面子也不管了……况且我自己也发觉……我打定主意……向您了解……"可怜的加京窘住了。"请原谅我，"他补充说，"我不习惯于处理这样的麻烦事。"

我握住了他的手。

"您想知道，"我用坚定不移的口吻说，"我喜不喜欢您的妹妹？不错，我喜欢她……"

加京瞥了我一眼。

"可是，"他结巴着说，"您该不会娶她吧？"

"您要我怎么回答这样一个问题？您自己判断一下，现在我能……"

"我知道，我知道，"加京没有让我说下去，"我没有任何权利要求您回答，而且我的问题也是有失礼貌的……可是您让我怎么办呢？火是玩不得的呀。您不了解阿霞，她会生病，出走，和您约会……换一个女人也许会不露声色，静候机会，但是这样的事不是她能做的。这件事在她是头一遭遇到——糟就糟在这里！假如您见到她今天跪在我脚边伤心痛哭的样子，兴许您就能理解我的担心了。"

我开始沉思。加京的"和您约会"这句话在我心头刺了一下。他对我开诚相见，我未能以诚相报，为此我感到羞惭。

"不错，"我终于说道，"您的话是对的。一个小时以前我收到您妹妹的一张字条——就是这一张。"

加京接过字条，迅速看了一遍，便将双手放到了膝头上。他脸部的惊愕表情显得十分滑稽可笑，然而此刻我顾不上笑。

"您，我再说一遍，是个高尚的人。"他说，"可是现在怎么办呢？怎么办？是她自己要离开这里，又给您写条子，又怪自己处事不谨慎……究竟她是什么时候写的？她要您干什么？"

我劝他放宽心，我们开始尽可能冷静地讨论我们应当采取什么措施。

最终我选定如下方案：为避免不幸事件发生，我应当赴约并真诚地对阿霞解释，加京必须坐在家里，对于知道她字条的事要不露声色。我们约定晚上见面。

"我坚定地相信您。"加京说着紧紧地握住我的手,"请原谅她,也请原谅我。明天我们还是得走……"他起身补充说道:"因为您毕竟不会娶阿霞做妻子啊!"

"您在傍晚以前给我点时间,容我考虑考虑吧!"我回答道。

"好吧,不过您不会娶她的。"

他走了,我扑在沙发里闭上了两眼。我的脑子在打转,太多的印象一下子涌进脑海。我抱怨加京的坦率,抱怨阿霞,她的爱情使我快乐,又叫我难堪。我不明白是什么促使她向哥哥坦陈一切,我为无法避免迅速地、几乎要在瞬息之间作出决定而焦灼苦恼……

"和一个十七岁的女孩子结婚,又要对付她那样一种个性,这怎么可能?"我思虑着。

十五

在约定的时间，我渡过了莱茵河。在对岸遇见我的第一个人便是清晨来找过我的那个小男孩。显然他是在等候我。

"是安娜小姐送来的。"他悄声说着，递给我另一张字条。

阿霞通知我会面的地点改变了。我应当过一个半小时再来，但不是到教堂，而是到路易斯太太家的屋里，在楼下敲敲门然后走上三楼。

"还是回答：是？"男孩问我。

"是。"我做了肯定回答，然后沿莱茵河岸边走去。

要回到寓所已经没有时间，我又不愿意在街上闲逛。城墙外有一个小庭院，里面有个打九柱戏[1]的遮阳棚，还有几张为嗜好啤酒的人而设的桌子。我便走进院去。有几个上了年纪的德国人在打九柱戏，木球滚过去发出噼里啪啦的声响，有时爆发出一阵阵喝彩声。一个漂漂亮亮的女招待，哭得眼泪汪汪的，给我端来一杯啤酒。我望了望她的脸，她急忙转过身走开了。

"是啊，是啊。"坐在一旁的一个红光满面、胖墩墩的男人说，"我们的甘辛今天伤心透了，她的未婚夫当兵去了。"

我望了望她，她缩在角落里用手托着腮帮，泪珠一颗接一颗从指缝间滚落下来。有人叫啤酒，她递给他一杯后又回到自己的位置。她的痛苦影响了我，我开始考虑我面临的约会，极力想从忧心忡忡、郁郁寡欢的思绪中解脱出来。但我

---

1 一种起源于德国的体育游戏项目，最初在贵族阶层和宗教界流行，为现代保龄球的前身。

这次赴约，毕竟心情轻松不起来，因为等待着我的不是忘情于相互恋爱的欢愉，而是去履行许下的诺言，履行艰难的职责。"可不能跟她闹着玩！"加京的这句话像箭一般钻进了我的心里。还在大前天，在这叶随波逐流的小舟上，我不是曾经因为对幸福的渴望而苦恼吗？如今幸福变得可望而可即了，我却犹豫起来。幸福的骤然使我难堪。老实说，阿霞这个人本身，连同她火一般的思想，她的身世，她所受的教育，这样一个迷人而古怪的人，使我害怕，两种情感在我内心久久较量着。约定的时间正在逼近。"我不能娶她。"我终于下定了决心，"她不会知道我也爱上了她。"

我站起来，将一枚三马克的银币放进可怜的甘辛的手心（她连声"谢谢"也没有对我说），然后向路易斯太太家走去。空中已布满晚间的憧憧暗影，幽暗的街道上空映照出一抹落霞般殷红的反照。我轻轻叩了一下门，门当即就开了。我跨过门槛，置身于一片黑暗之中。

"往这儿走！"是一个老年妇女的声音，"正等着您呢。"

我摸索着迈了一两步，一只瘦骨伶仃的手牵住了我的手。

"您是路易斯太太吧？"我问。

"是我，"同一个声音回答我说，"是我，我的好小子。"

老太太又领我沿一条陡陡的楼梯往上走，然后在三层楼的楼梯口停了下来。借着小窗口射进的一束微弱的光线，我看见了市长遗孀那张皱皱巴巴的脸。她翘起两片瘪嘴唇，露出一丝甜腻腻的狡狯的微笑，将一双浑浊无光的眼睛眯了起来。她向我指指一扇小门。我的手哆嗦着开了门，进去后又随手砰的一声将它关上。

十六

　　我步入的那个小房间里非常暗，我没有马上看见阿霞。她裹着一块长披肩，坐在窗前的一张椅子上，别转着脸，脑袋几乎藏了起来，活像一只受惊的小鸟。她呼吸急促，浑身打战。我对她产生了一种难以形容的怜悯感。我走到她跟前，她更加转过脸去……

　　"安娜·尼古拉耶芙娜！"我说。

　　她猛然挺直了身子，想正眼看我，但没有成功。我抓起她的手，那只手冰冷冰冷的，放在我手心里犹如死人手一般。

　　"我希望，"她开始说，竭力做出微笑的样子，然而她苍白的嘴唇不听她的使唤，"我想……不，我不能。"她说着就不响了。确实，她

253

的声音，每说一个字就要停顿一下。

我坐到她身边。

"安娜·尼古拉耶芙娜。"我重复说道，我同样再也说不出话来。

谁也不说话，我继续握住她的手，凝目望着她。

她依然全身瑟缩着，呼吸困难，轻轻咬住下唇，以免哭出声来，噙住夺眶而出的眼泪……我望着她，那怯生生纹丝不动的样子显出某种动人的无可奈何的神情，仿佛由于疲惫不堪，她勉强拖着脚步来到椅子跟前，就这么一直瘫倒在上面了。我的心软了下来。

"阿霞！"我用几乎听不见的声音说……

她徐徐向我抬起双眼……哦，一个堕入情网的女人的眼神——谁能描摹得了？这双眼睛在祈祷，在表达信任的感情，在倾诉自己的疑虑，在表示顺从的意愿……我无力抗拒这双眼睛的魅力。一股淡淡的火焰燃遍我的全身，犹如一根根扎人的小针在刺。我俯下身去，贴在了她的手上……

听得见一阵哆哆嗦嗦的声音，仿佛一阵断断续续的叹息，于是我觉得有一只虚弱无力、像一片树叶一样颤动的手在我发际轻轻触摸。我抬起头，看见了她的脸。这张脸蓦然间竟变得如此厉害！恐惧的表情已经荡然无存，目光投向不知名的远方，而且把我带向那里，双唇微开，额头苍白，似大理石一般，鬓发垂向后方，仿佛被风吹过去似的。我忘乎所以，把她拉向自己身边——她的手驯顺地服从了，她的身体跟着手一起被拉了过来，披肩从肩头滑落下去，她的头轻轻地靠在我的胸口，倚在我发热的双唇下面……

"您的……"她细声说，我勉强能听得见。

255

我的两臂已经在她的腰部来回轻抚……然而猛然间我想起了加京，犹如闪电在我眼前一亮。

"我们在干什么啊!"我大声说道，随即浑身一颤，向后退去，"您的哥哥……他可是什么都知道啦……他知道我和您约会。"

阿霞坐到椅子上。

"是的，"我站起来，走到房间的对面一角，继续说，"您的哥哥全明白啦……我必须把什么都告诉他。"

"必须?"她含糊不清地说，显然她还未能清醒过来，所以不太理解我的话。

"对，对。"我以一种冷酷的口吻重复说，"而且这全是您一个人的错，您一个人。为什么您自己要泄露咱们的秘密?是谁叫您向哥哥和盘托出这一切的呢?今天上午他本人就在我那里，向我转述了您和他的谈话。"我努力不去看阿霞，

大步大步地在房间里踱来踱去。"现在全完了，全
完了，全完了。"

阿霞想从椅子里站起来。

"别起来，"我大声说，"别起来，我请求您。
您现在结交的是一个诚实的人——是的，一个诚
实的人。可是，看在上帝的分上，是什么使您激
动不安？难道您发觉我身上有什么变化？而我，
当您哥哥来找我时，却不能对他瞒着不说呀！"

"看我说什么来着？"我心里想，认为我是个
缺德的骗子，加京知道我们的这次约会，认为一
切都走了样、都暴露了的想法，一直在我脑海里
萦回不去。

"我没有叫哥哥来，"阿霞惶恐不安地细语，
"是他自己来的。"

"看您都干了些什么，"我继续说，"现在您
却想走了……"

"不错，我应当走。"她同样轻声地说，"我请求您来这里，只是为了和您告别。"

"您认为，"我回答说，"我和您分别就那么轻松？"

"可是您为什么要告诉哥哥？"阿霞大惑不解地重复说。

"我告诉您——我没有别的办法。如果不是您自己暴露了自己……"

"我把自己反锁在我的房间里。"她单纯地回答说，"我不知道房东太太还有一把钥匙……"

这样一个纯真无邪、情有可原的理由，出自她的口中，又在此时此刻——当时几乎使我勃然大怒……而今我回忆起来却不能不为之心动。可怜、诚实、真诚的孩子！

"现在一切都结束了！"我说道，"一切。现在咱们应当分手了。"我偷偷看了阿霞一眼，她的脸迅速变红了。她变得既羞惭又害怕，我感觉得到这一点。我自己一边走一边说着，仿佛在打摆子似的。"您不让正在开始成熟起来的感情发展，您自己扯断了我们之间维系感情的纽带，您不信任我，对我怀疑……"

在我说话的时候，阿霞的身子越来越向前倾——蓦地里一下子跪了下来，把头扑在两个手掌上，大哭起来。我跑到她跟前，想扶她起来，她却不听我的。我忍受不了女人的眼泪，一见到女人的眼泪顿时就六神无主了。

"安娜·尼古拉耶芙娜，阿霞，"我反复说，"我求您了，看在上帝的分上，请您别再哭了……"我又握住了她的手……

然而使我惊讶不已的是她猛然站立起来，似闪电一般迅速向门口跑去，随即就不见了……

几分钟后，当路易斯太太走进房来的时候，

我还站在房间中央，活像被雷电惊呆了似的。我不理解这次约会竟会如此迅速，如此愚蠢地结束——没等我把想要说的、应当说的话说出百分之一，连我自己也不知道可能会如何收场的时候就结束了……

"小姐走了吗？"路易斯太太把她的黄眉毛高高地挺起，直到几乎碰着她的假发套，问我道。

我像傻子一般望了望她，出门走了。

十七

我走出城，径直向野地里走去。懊丧，疯狂的懊丧咬啮着我的心。我连连责备自己，我怎么竟会不明白阿霞改变我们会面地点的原因，我怎么不去估计一下她究竟有什么必要到这个老太婆家里来，我怎么竟没有留住她！在这样一间静僻、勉强透进一丝光明的房间和她单独相处的时候，我竟会有力量，有勇气将她推开，甚至对她进行指责……而现在，她的形象却对我紧随不舍，我在请求她的宽恕。我回忆起那副苍白的面容，那双泪水盈盈、胆小羞怯的眼睛，披散在俯倾下来的颈脖上的头发，她的头颅与我的胸脯轻轻地接触。这一切使我如火烧般难过。"您的……"我依稀听到她的轻声细语。"我是凭良心做事……"我宽慰自己说……不对！难道我真的希望得此结局？难道我受得了与她分手？难道我能够失去她？"疯子！疯子！"我恨恨地反复说道……

这时夜正在临近。我大步流星向阿霞寓居的屋子走去。

十八

加京迎着我走出屋来。

"见着我妹妹了吗？"老远他就向我大声喊道。

"难道她不在家？"我问。

"不在。"

"她没有回来过？"

"没有。是我不好，"加京继续说，"迫不及待了，我违反了我们事先的约定，径自去了教堂，她不在那里。也许她没有赴约？"

"她没有去教堂。"

"那您见着她了？"

我必须承认自己见过她了。

"在哪儿？"

"路易斯太太家，我在一小时前才和她分手。"我说，"我当时相信她已经回家。"

"咱们等一等。"加京说。

我们走进屋，彼此靠近着坐下。我们没有说话，两个人都感到不自在。我们不停地回头向门口张望，仔细倾听着。最后加京站了起来。

"这太不像话了！"他大声喊道，"我的心思都搞乱了。她真的要了我的命……咱们找她去。"

我们走出屋子。外面已经全黑。

"您究竟和她谈了些什么？"加京把帽子低低地扣到眉头上，问我。

"我和她只见了五分钟面。"我答道，"我就是照我们说定的话对她讲的。"

"您听我说，"加京对我说，"咱们最好分头走，这样就能快点碰上她。不管怎么样，请过一个小时再来这里。"

十九

我迅步从葡萄园下山，向城里跑去。我迅速

走遍所有街道，探看了各个角落，甚至路易斯太太家的窗户，之后回到莱茵河边，沿河岸跑将起来……有时遇见女人的身影，但是无论何处都难觅阿霞的踪影。使我苦恼不安的已经不是沮丧的情绪——一种隐隐的恐惧心理折磨着我，而我所感受到的不仅仅是单一的恐惧……不，我感受到的是悔恨，最灼人的遗憾之心，爱情——是的！最温柔的爱情。我搓着双手，在越来越浓的夜色里呼唤着阿霞的名字，起先是轻轻地叫，继而越叫越响。我重复喊了一百遍，说我爱她，我发誓和她永不分离，只要能再握住她那冰凉的手，再听到她那轻轻的嗓音，再看见她站在我的面前，我愿意献出人世间的一切……她曾经近在咫尺，她向我走来的时候满怀着决心，心灵和情感里没有丝毫杂念，她带给我的是她纯真无邪的青春……而我却没有将她紧紧地抱在怀里，我使自己丧失了目睹她欣喜万状、容光焕发、含情脉脉的芳姿时的那种至怡至乐……这么想着我不禁要发疯了。

"她可能到哪儿去呢？她会发生什么事呢？"在无可奈何的绝望的愁苦中我大声说……突然岸边一样白乎乎的东西闪了一下。我认识那个地方，那里，七十多年前一个溺水而亡的人的墓上，有一个一半埋进土里的石头十字架，上面有古老的题词。我的心揪紧不跳了……我跑到十字架跟前，白色的身影不见了。我喊了一声："阿霞！"我粗野的声音连我自己也吓了一跳——然而一点回应的声音也没有。

我决计去了解一下加京有没有找到她。

二十

我沿着葡萄园的小道迅步上山的时候，看见

了阿霞房里的灯光……这使我稍稍放心了一点。

我走近屋子。楼下的门上了锁，我叩了叩门。底层一扇没有灯火的小窗小心地开了，探出了加京的脑袋。

"找到了？"我问他。

"她回来了。"他低声回答我，"她在自己房里，正在脱衣服。没事了。"

"谢天谢地！"我大声说，心里一阵说不出的高兴，"谢天谢地！现在都好了。不过您听我说，咱们还得聊聊。"

"换个时间吧。"他轻轻向自己身边拉过窗子，回答说，"换个时间吧，现在，再见。"

"明天见。"我说，"明天一切都可以决定了。"

"再见。"加京又说了一遍。窗关上了。

我真想叩响窗户，告诉加京我要向他妹妹求婚。然而此时此刻提出这样一个要求……"等明天吧，"我想，"明天我就是个幸福的人了……"

明天我将是个幸福的人了！对幸福来说没有明天，幸福也没有昨天，幸福不记得既往，也不考虑未来，幸福只有现在……而且不是一天，而是片刻。

我记不得是怎么走到 3 城的，不是我的双脚带着我行走，也不是小舟载着我移步，是一双宽阔、强劲的翅膀驾着我腾空而飞。我经过夜莺在其间啼鸣的一丛灌木，我停住脚步谛听良久。我仿佛觉得夜莺在歌唱我的爱情，我的幸福。

二十一

第二天清晨，当我开始走近那间熟识的小屋时，一幅景象使我惊讶万分——所有窗户都洞开着，门也大开，门口散落着一些纸张，手持扫帚的女仆出现在门里面。

我向她走近前去。

"都走了!"没等我问她加京在不在家,她就抢着说了。

"走了?"我重复她的话,"怎么走的? 去哪里了?"

"今天早晨走的,六点钟,没说去哪儿。请等一等,您好像是 H 先生?"

"我是 H 先生。"

"房东太太那儿还有一封给您的信。"女仆说着走上楼去,回来时带着一封信,"请看,这就是。"

"不可能啊……怎么会这样呢?"我刚想开口说。

女仆呆滞地望了望我,便开始扫地。

我打开信笺,是加京写给我的。阿霞一句话也没有。信开头他请求我不要为他的突然离去而生气。他相信，按照理智的考虑，我会赞同他的决定。他找不出其他办法来摆脱可能会变得狼狈和危险的境地。"昨天晚上，"他写道，"当我们两人默默地坐等阿霞的时候，我完全确信我们必须分离。有一种我所相信的预兆，我明白您不会娶阿霞。她什么都对我说了，为了让她安心，对她再三提出的强烈请求，我应当让步。"信的结尾处，他把我们的相识这么快就中断，引为憾事，祝愿我幸福，友好地握我的手并求我不要设法去追寻他们。

"什么样的预兆？"我喊道，仿佛他能听见似的，"真荒唐！谁给你权利将她从我身边拐走……"我用力揪住自己的头发……

女仆开始大声呼唤房东太太，她的惊恐使我清醒过来。我脑子里闪过一个念头：去寻找他们，无论天涯海角也要去寻找。接受这样的打击，平心静气地对待这样的分离是不可能的。我从房东太太那里得知他们早上六点乘上汽轮沿莱茵河到下游去了。我去找了售票处，那里告诉我他们买了去科隆的船票。我马上回去收拾行装，乘船去追踪他们。我途经路易斯太太的屋子……忽然听见有人叫我。我抬起头，正是在昨夜我和阿霞会面的房间的窗口，望见了市长的遗孀。她露出令人讨厌的笑容，正在叫我，我转过身，正准备走过去，但是她从后面喊我，说她有东西要给我。这使我停住了脚，并进了屋。当我再度目睹这个房间的时候，我真不知道如何表达自己的情感！

"照眼下的情况，"老太太拿出一张纸条，开始说，"只有在您亲自来找我的时候我才将它交给您，可是您是这样好的一个年轻人。拿着它吧。"

我拿起纸条。

在这一小片纸上有铅笔匆匆忙忙写下的几句话：

> 别了，我们再也见不到了。我不是出于骄傲才走的——不，我别无选择。昨晚当我在您面前哭泣的时候，您只要说出一句话，仅仅一句话，我可能就留下来了。您没有说。看来这样更好……永别了！

一句话……哦，我这个没脑子的人！这句话……昨晚我曾含着眼泪重复多少遍，我曾对着风热情地倾诉过，我曾在空旷的田野一说再说……然而我没有对她说，我没有告诉她我爱她……是的，这句话我当时说不出口。当我与她在那间决定命运的房间里相会的时候，我还没有明确地意识到自己的爱情，即使在我和她的兄长坐在一起，处于无谓而难堪的沉默之中时，这种意识也尚未觉醒……只是在瞬间之后，当我被可能发生的不幸事件所震惊，我开始寻找她，呼唤她的时候，这种意识才以不可抗拒的力量迸发出来……然而此时此刻为时已晚。"不，这不可能！"有人会对我说。我不知道，这可不可能——这是实话。如果阿霞身上有丝毫轻浮女子的影子，如果她的地位不是虚假的，她或许不会走。然后，别的女人也许可以隐忍的东西，她忍受不了，这一点我却并不明了。我那心地善良的保护神在我与加京坐在昏暗的窗前最后一次会面的时候，阻止了我亲口承认我的爱，于是本来尚能抓得住的最后一根线从我手里滑脱了。

当日，我提着整理好的手提箱到 Л 城，乘船去科隆。我记得，当汽轮开始解缆起航时，我在心里与这些街道，与所有这些我永远也不应当忘记的地方作别——我看见了甘辛。她坐在岸边的一张长椅上，脸色苍白，却无愁容。一个漂亮的年轻后生站在她身边，面带笑容讲述着什么。莱茵河的对岸，我的小圣母依然神情凄楚地透过老栌树沉沉的绿荫向外凝目而望。

二十二

在科隆，我找到了加京兄妹的踪迹，我得知他们去了伦敦。我追随而去，但是我在伦敦的寻踪觅迹依然徒劳无功。我久久不甘心就此罢休，久久顽强地努力着，但是到最后我只得放弃追赶上他们的希望。

我再也没有见到过他们——我未能再见到阿霞。我曾听到一些关于加京的模糊不清的传闻，然而阿霞对于我却永远地销声匿迹了。我甚至不知她是否还活着。几年以后，有一次在国外的火车里，我眼前曾晃过一位妇女的身影，她的面容使我觉得酷似我不能忘怀的那张容貌……不过，也许我被一种偶然的相似蒙骗了。在我的记忆里，阿霞依然是我一生中最好的岁月里所认识的那个小姑娘的模样，依然是我最后一次见到时俯身靠着低低的木制椅背的模样。

同时，我也应当承认，我没有过久地思念她，我甚至认为我没有和阿霞结合是命运的巧妙安排。当我想到和这样一个妻子一起生活未必会幸福，内心便感到宽慰。我正当年少，所以未来，短暂易逝的未来，在我心目中似乎是无穷无尽的。我曾想过，难道曾经发生过的事就不能再现，而且变得更好，更美？……我曾结识许多别的女子，然而阿霞在我身上激起的感情，那种炽烈、温柔、深沉的感情，已经不可能再度出现了。

不，对我来说，没有一双眼睛能替代一度情意绵绵地凝视着我的那双眼睛！不管贴到我胸口的哪一个人的心，都不能叫我产生如此欢愉、甜蜜和紧张的感应！我命中注定要过无家无室、形影相吊的生活，我正在苦挨寂寞无聊的岁月。我似圣物一般保藏着她的那些纸条，和一朵干枯的天竺葵花，就是当初她从窗口抛给我的那一朵。这朵花至今还发出淡淡的清香，而将这朵花抛给我的那只手，我只有一次机会将自己的嘴唇贴在上面的那只手，也许早就在坟墓里腐烂了……至于我自己——我又怎么样了呢？我，还有那些无比幸福又惶惑不安的时日，展翅飞翔的理想和追求，又留下了什么呢？一根微不足道的小草短暂的枯萎过程却感受着一个人的全部欢乐与苦痛——也感受着这个人的本身。

屠格涅夫年表

1818年

11月9日生于俄国奥廖尔省一个富裕家庭，父亲是骑兵团军官，母亲是庄园主。

1827年

举家迁居莫斯科，进入寄宿学校。

1833年

进入莫斯科大学文学系，学习一年。

1834年

转入圣彼得堡大学哲学系，学习经典著作、俄国文学和哲学。

1838年

在《现代人》杂志上发表第一首诗《黄昏》。后前往柏林大学学习黑格尔哲学，接受西方思想。

1841年

在俄国公务部门就职。

1842年

与女仆阿芙多季雅相恋，两人被屠格涅夫母亲拆散。阿芙多季雅次年生下与屠格涅夫的女儿别拉盖雅。

1843年

年初结识别林斯基。年底于圣彼得堡歌剧院结识来自西班牙的女歌唱家波利娜·维亚尔多。虽然对方已有丈夫，屠格涅夫仍就此献出四十年追随这位歌唱家。

1845年

辞去十等文官职务，去往法国，与维亚尔多夫妇重逢，随后孤身在法国南部旅游。年底返回圣彼得堡，结识陀思妥耶夫斯基。

1847年

追随波利娜抵达巴黎，开启为期三年的长居。在《现代人》杂志连载作品，即后来的《猎人笔记》。

1850年

母亲去世，返回俄国，在自家庄园尝试解放农奴。将年幼的非婚生女儿委托给波利娜抚养。发表中篇小说《多余人日记》。

1852年

因刊登在《莫斯科新闻》的纪念果戈理逝世的文章被捕，遭到流放。拘禁期间写下《木木》。8月结集出版《猎人笔记》。

1855年

结识托尔斯泰。

1856年

在《现代人》杂志刊出长篇小说《罗亭》。

1858年

在《现代人》杂志刊出中篇小说《阿霞》。

1859年

在《现代人》杂志刊出长篇小说《贵族之家》。

1860年

2月，在《俄罗斯导报》发表长篇小说《前夜》。4月，在《读书文库》发表具有自传气质的中篇小说《初恋》。年底被选为俄国科学院通讯院士。

1861年

和托尔斯泰激烈争吵后决裂。

1862年

在《俄罗斯导报》刊出长篇小说《父与子》。

1867年

在《俄罗斯导报》发表长篇小说《烟》。

1872年

在《欧洲导报》发表小说《春潮》。

1874年

在巴黎近郊塞纳河畔的布日瓦尔置地，为维亚尔多夫妇建造一座白色别墅，自己则在近旁搭建木屋比邻而居，三人融洽相处。

1877年

在《欧洲导报》刊出最后一部长篇小说《处女地》。

1878年

通过书信与托尔斯泰和解。

1883年

9月3日因脊椎癌病逝于布日瓦尔，遗体被运回俄国，葬于圣彼得堡的别林斯基墓旁。

无界文库